ベリーズ文庫

異世界にトリップしたら、黒獣王の専属菓子職人になりました

白石まと

STARTS
スターツ出版株式会社

目次

コンラート・
フォン・ヴェルム
民衆から「黒獣王」と呼ばれて
恐れられているが、実は甘いものが
大好きな国王陛下。もちろん、
メグミが作る和菓子にも
目がなくて…!?
メグミ・シバ
真面目で仕事ひと筋の
ひよっこ和菓子職人。
頑固一徹なところは父親譲り。
ひょんなことから異世界に
トリップしてしまい…!?

異世界にトリップしたら、黒獣王の専属菓子職人になりました

テツジとサユリ

メグミの両親。
頑固一徹の和菓子職人の父と美人で天然癒し系の母。
メグミを、時に厳しく、時に優しく育てている。

ジリン公爵

優しいおじさま公爵。
大の甘いもの好きだが、少々太り気味のため
奥さんに隠れてお団子を食べているかわいらしい一面も。

ジル・ベルガモット

すご腕王城料理長。
作る料理もデザートも絶品で、コンラートも一目置いている。
王城にはなくてはならない存在。

Character Introduction

異世界にトリップしたら、
黒獣王の専属菓子職人になりました

序章

恵はどうしても和菓子職人になりたかった。

幼いころよりあんこが大好きだったし、綺麗な形に整えられたお菓子を頬張るのがたまらなく楽しかったからだ。

中学生になれば食するばかりでなく、自分の手でこねたり蒸したりした和菓子が、人に望まれておいしいと言ってもらえたら、それだけで満たされる気がした。

高校生になるころには、将来について一々考えるより前に、自分は和菓子職人になると疑いもなく信じていた。

和菓子職人の父親が、古くからある商店街で和菓子屋を営んでいたのも大きく影響している。

小さなころの彼女は、小学校から帰ればランドセルを放って厨房に駆けてゆくのが常だった。

「おいっ。恵っ、髪を纏めろ。走るな」

そういうときは、父親である志波哲二の叱責がすぐさま飛ぶ。

ひゅっと肩をすくめた恵は、長い髪を無造作に頭の後ろで括って、息をひそめながら父親が上新粉をこねるのをそぅっと見たり、丸めるのを手伝ったりした。

あんこを中に入れて丸くしていく豆大福は大好物だ。もっとも、売り物になるほどいい形にならないので彼女が仕上げたものは自分の口の中に入る。

「父さん、あんこおいしいよ！」

「まぁな。自慢のあんこだ。いいか恵。和菓子っていうのはな、あんこがキモだぞ。好きだと言うなら味の違いも分かるだろう？　うちのあんこの味を覚えておけよ」

「うん！」

元気いっぱいに返事をして顔を上げれば、手は粉だらけで頬にはあんこの欠片がついているといった具合だ。

作業場と店はつながっていてガラスの窓で仕切られていた。

接客のために店にいた母親のさゆりが、奥へ入ってきて笑う。

「恵ったら、ほっぺに付いているわよー。おやつの時間だけど、食べ過ぎはダメ。宿題はどうしたの」

「う……あとから」

客に対応するさゆりは、髪は頭の後ろで緩く結い、濃い地の絣の着物にエプロンをしている。『お母さん美人ねー』と商店街の人たちに言われるような透き通った綺麗さがあったが、どちらかというと天然系で、緩い物言いが周囲をなごませていた。明るくて優しくて、自慢の母親だ。

さゆりはエプロンのポケットから布巾を出して恵の頬をぬぐってくれた。

哲二がすかさず言う。

「先に宿題をやってこい。あとで練りきりをひとつ作らせてやるから」

練りきりは白あんから成形する生菓子で、白あんはいんげん豆から作られる。

哲二が一つひとつ丁寧に、季節にそった材料を加えながら仕上げていく。完成品は繊細な形をしているし、味のバランスも行き届いており、まさに芸術品だ。

「はーい」

褒美があるなら宿題もなんとかひとりでこなす。さゆりが笑って店先へ戻り、哲二も、強情そうに口を〝へ〟の字型に曲げて菓子作りに集中する。

毎日が明るい笑い声で過ぎていった。しかし商店街は、近くにある新幹線の主要駅のターミナルビル店舗に押されて日々衰退してゆくばかりだ。客は年々少なくなっていく。

『たくさんの人に菓子を食べてもらって、おいしいと言われるとな、すぅっと天にも昇る気持ちになれる。お茶を飲んでホッとひと息吐く時間のお供になれば、俺も頑張るかいがあるってもんだ』

客足が遠のく商店街でも、昔から作ってきた秘伝のタレにトプンっとみたらしだんごを付けて相手に渡す時の哲二の幸せそうな表情は、恵の幼心にも焼き付いている。

彼女は、高校のときの進路希望用紙に、家業を継いで和菓子職人になりたいと書いた。父親が師匠だ。

しかし最初は、哲二は恵の申し入れをダメだと突っぱねた。

「大学へ行け。この商店街は皆で頑張ってきたが、やっぱり近くに大きな駅があるし、デパートがいくつも改装したから先行きは暗い。分かるだろう？ お客さんも少なくなっちまった。お前が継ぐころにはシャッター商店街になるのは目に見えてる」

「和菓子が作りたいんだって。父さん、お願い。弟子にしてよ。店は私が守っていくから」

何度も話し合った。恵は父親に似て頑固だ。正座して頭を下げ、正面に座る両親に向かって額を畳にぐりぐりとこすり付けながら頼む。

美麗で芸術品のような和菓子を哲二に習いたい。腹が空いているときの足しになって力が沸いてくるようなまんじゅうが好きだ。

この店で職人の腕を磨きたいから外へ出るという選択肢もない。許してもらうほかはなかった。

「仕方ねぇなぁ……」

気のせいかもしれないが、最後に苦笑いを浮かべて目を細めた哲二はどこかしら嬉しそうだった。

高校に通う間は勉強をしっかりするという約束だったが、いつの間にか作業台に向かっている恵を両親は困った顔で眺めながらも、もう何も言わない。

やがて卒業を迎える。一番のお祝いは、自分の手を掛けた練りきりを作らせてもらうこと、だった。覚えることが山ほどあるのが嬉しい。

師である父親の指導で過ごしてゆく毎日は楽しかった。

やがて、夏が来て暑いと口にする日々も過ぎ、『朝晩はすずしくなってきたかな』と感じ始めたころ。

みたらしのタレを調合している最中の父親に、恵は自分で考案した生菓子を作りたいと作業場を空けてもらった。

材料を取りに、隣の食品庫に入ろうと戸口に手を掛けて開く。中には大型の冷蔵庫と、何段もの棚の上に何種類もの粉が貯蔵されている。最近仕入れたばかりの小豆も大量に置いてあった。

さゆりは客足が途切れたので、ショーケースのガラスを拭いている。

そのとき。不意に、店全体がふわふわと横揺れした。哲二が顔を上げる。恵も動きを止めた。

「えっ？」

恵は柱をぐっと握って身体を支える。

――地震？

静かな揺れは瞬きを三回するほどだったと思う。小さな動きだったのでホッとする。だんごや五平餅を焼くための四角く囲ったガスコンロは安全装置が作動して止まった。

――なんだか滑るような動きだった……？　ヘンな感じ。

いままで経験したことのない揺れだった。動きが収まると、恵は急いでさゆりのほうへ顔を向けた。哲二も立ち上がってさゆりを見る。

さゆりは振り返って店の門口のほうを見ていたので、恵も哲二もそちらへ視線を移動させた。

「？　え？　なに？」

目に飛び込んできた光景が信じられなくて、恵は思わず口の中で呟（つぶや）いた。

「おい。ここはどこだ?」

「商店街じゃ、ないの?」

哲二が目を見開き外へ出てゆく。その後ろ姿を眺めながら、さゆりが呆然として床に膝を突いた。まるで腰でも抜かしたかのようだ。

三人家族が店の外に見たのは、商店街のアーケードではなく、青い空と西洋の中世風の街並み、土が踏み固められた幅のある通りだった。

恵は小さな声でひとりごちる。

「……これ……これって。夢じゃないよね。揺れたのは……移動したってこと? どこへ? 異世界……とか。はは、うっそ。家族で店ごと? ははは……まさかね」

顔をゆっくり横へ向ければ、開いたドアから食品庫が見えたので、変わらない日常のように思える。

しかし振り返って、店と続いているはずの住居を見た彼女は、壁から向こうがごっそり別なものになっているのに気がつく。洋風の部屋がふた部屋ほどあった。さらにその向こうの窓から、庭と思しき外が見えている。

――まさか……。SFなら、時間旅行とか空間移動とか? た、確かめないと。

恵は動きだし、父親を追って外へ出た。さゆりもつられてよろよろと立ち上がる。

外に広がるのは、つい先ほどまでとはまったく別な場所だった。

――えーっと、えー……っと。……少なくとも家族三人、一緒だ。

店も食品庫も一緒だった。だから彼女はなんとか受け入れる。どこへ行っても、やることはひとつだったからだ。

――まずは、そう。まずは和菓子を作る。

すべてはそこから始める。


結局、異世界トリップだった。

不思議な話だが、志波家の三人は、聞いたことのない国――ヴェルム王国の王都ヴィッツに、滑るようにして一瞬で移動していた。

その世界は、一日の長さは地球と大体同じくらいで、ひと月を三十日、一年を十二か月と数えた。季節もあり、無理をしなくても生命の維持ができてゆくほどには、元の世界と同じ自然環境だと言える。

人々の暮らしは中世ヨーロッパ風であり、貴族社会を基本としている。映画や本で見たようなものも多いが、別の世界であるのは間違いない。日本という国も和菓子もなかった。

言葉は初めから理解していて会話はできた。

発音の加減で、メグミ、テツジ、サユリと名乗り、和菓子屋を営んで生計を立てた。

ほかにはないお菓子ということで、王都の中でも、華やかな中心部と荒れて貧しくなっている下町との間にある、緩衝材のような区域で店を営む。

無我夢中で三年が過ぎて、十八歳のときにその世界へトリップした彼女は二十一歳になった。

和菓子の材料集めに奔走した父親のテツジは、半年前に急死した。いまは母親のサユリとふたりで店を切り盛りしている。

店の名はかつてのままで変えていない。

【テツシバ】という。

第一章
和菓子のない世界で「みたらしだんご」

王都ヴィッツの中心を走る大通りは、ヴェルム王国の勢いをよく表している。広く長く、しかもまっすぐ王城へ向かう通りの両側には、大きな店が華やかに軒を連ねていた。人の行き来も多く、他国からの商人や旅行者などで常に賑わっている。

道そのものは赤いレンガで整備されていて、国全体を縦横に走る街道も同様だった。

城から見て、中心の大通りを境にした左手側には貴族や議会の重鎮、それに豪商などの屋敷が建ち並ぶ。富裕層の住まう地域だ。

右手側は庶民が大小さまざまな家に住み、比較的広い通りと複雑に交差する小道で成り立っている。

大通りから外れた通りでも、庶民向けの中小の店舗が並んでいて十分華やかな場を構成していた。この辺りまでなら、王城の衛兵たちが巡回しているので安全性も高い。

そういった庶民向けの店舗の中に、和菓子屋〝テツシバ〟がある。

三年前に越してきた店で、異色な菓子〝和菓子〟を提供する。〝和菓子〟を作っているのは、王国広しといえどもこのテツシバだけに違いない。それほど、今までにない類の菓子だった。

主商品はだんごで、見た目にも高級そうな生菓子という菓子も並んでいる。たまにまんじゅうとか名のつくものや、芋の菓子も作るようだ。

店主は若い女性で、近所に住む人々は〝メグ〟と呼んでいた。


「いい天気ねー」

四枚ある店の戸をすべて外して全開にすると、メグミは両手を上げてうんっと伸びをした。

そろそろ夏の太陽も最盛期を過ぎたようで、朝の空気が気持ちよくそよぐ。ただし、今日も日中は暑くなりそうだったが。

朝はやはり声を出すのが大切ということで、彼女は続けて言い放つ。

「今日も張り切っていこーっ」

誰に言うのでもない。敢えていうなら自分の心に聞かせている。

忙しく動いて箒（ほうき）で門口を掃いたあと、軽く水を撒（ま）いてゆく。夏はこの水撒きがとくに欠かせない。こちらは大通りと違ってレンガが敷き詰められているわけではなく、土が固めてあるだけだったから、水撒きによって舞いやすい埃を一時的でも押さえられたからだ。それに、水は多少なりと気温を下げてくれる。

動いていると額に汗が浮かんだので、彼女はそれを手の甲でそっとぬぐった。

直線に切りそろえられた黒い前髪がメグミの手の上を滑る。

近所に住まう別の店——小物を売っていたり、裁縫道具の店だったり、野菜を売るいわば八百屋だったりのおばさんたちに艶と漆黒さを驚かれる髪は、三年の間に数回切っている。

先日も、背中を覆うほどになったそれを、母親のサユリが中央あたりで横一文字に切りそろえてくれた。そのとき鋏（はさみ）を操りながら、サユリは楽しげに言っていた。

『この世界の若い女性たちは長い髪が当たり前のようね。高い身分のご令嬢方はとくにそうみたいよ』

貴族のご令嬢は、王城へ行ったり他家の正式な集まりに出たりするために、華やかな髪型にアレンジする必要があるのでことさら長いらしい。

令嬢たちは表通りから外れたこういう場所に来ることはないが、たまに侍女らしき人が和菓子を買いにくる。元の世界でいうなら、令嬢用に生菓子をテイクアウト、みたらしは自分のためにその場でイートインってことのようだ。『こちらの綺麗なのはお嬢様のご希望なのよ』と言っていた。

おいしいクッキーやケーキを口に入れているだろう身分の高い人にも、和菓子が受け入れられているのが嬉しい。

髪を切ったあと、サユリは丁寧に梳いてくれる。

『この辺りの人の髪はブラウンが多いでしょ。メグミの〝カラスの濡れ羽色〟の黒髪はものすごく珍しいらしくてね、しかもすごく艶やかだから、切っちゃダメって近所の皆さんに言われているのよー。……でも、切っちゃう』

サユリはこちらの世界でもきっちり近所づきあいをしている。どこかまだ子供扱いをされてしまうメグミでは追いつけない近所情報を仕入れるのがうまい。

『母さんったら。人の髪で遊ばないでよ。本当はもっと短くてもいいんだけどな』

『だめだめ。これくらいがちょうどいいのよ』

くすくす笑う母親は、こういうとき少しだけ気持ちが浮上しているのが見て取れる。

父親を亡くしてからしばらく立ち直れなかったサユリの気分が晴れるなら、髪の一束くらい捧げよう。

横髪も少しあったが、それもサユリの手で、顎の下あたりでまっすぐ切りそろえられた。

『ほらっ、時代劇に出ていたお姫様みたいでしょ。本当はね、母さんは昔からメグミの髪型はこういうふうにしたかったのよー』

サユリは時代劇ファンだ。満足そうにできあがりを眺めるサユリに、メグミは『ありがと、母さん』と返した。

たったこれだけのことからでも、テツジを亡くしたいまのサユリが、元の世界をとても懐かしんでいるのが分かる。

しかし、帰る術は三年過ぎても見つからない。テツジがひと言も元の世界へ戻りたいと言わなかった理由がメグミにはおぼろげに分かるので、サユリの希望を追求することもなく笑って流すだけだ。

菓子を作ったり売り子をしたりの仕事中は、髪は後頭部の低い位置でひとつに結んだ。尻尾のようだ。

頭に、髪を押さえるための白くてフリルの付いたカチューシャのようなものをつけるのは、客寄せの意味もあるという。同じように白いエプロンもフリルの付いた胸当てのある可愛いものだ。

姿こそ可愛くなっても、メグミは菓子職人兼、売り子兼、経営者だった。

服はGパンとTシャツというわけにはいかず、かといってサユリが着ていた絣の着物では動きにくい。第一、移動してきたときに着ていた服は、父親の分も含めてすべて売ってしまったので手元にはない。

サユリの絣の着物は形や柄が珍しいらしく、高価で引き取ってもらえた。

『珍しい形をしておるな。着る物と言うより羽織るのによさそうだが、丈が長いなぁ。誰が着ていたんだね。織柄がいい。タペストリーにしたい奴がいるかもしれんが、裾を切って羽織りものにするってこともできるか。どのみち買った人が決めるだろ』

この世界ではたった一枚の着物です、と言いたいところをぐっと堪えて、値踏みをする質屋のような〝なんでも引き取り屋〟のおじさんに渡した。

移動した直後はこの国のお金がなくて本当に大変だった。服を引き取ってくれた近所のお店には感謝している。

そのお金でサユリがご近所から手に入れてきた庶民の服をずっと着回している。

メグミは、大抵はくるぶし丈のギャザースカートと適度にかわいいブラウスだった。スカートは、チェックだったり縞模様だったりする。

肩のところで丸くて小さなふくらみのあるブラウスは、子供のようで恥ずかしいが、これが普通と言われると手を通すほかはない。

サユリはメグミと違って四十代の女性向きの恰好をしている。

冬になれば上にベストを着たり、さらにはショールなどを羽織ったりする。作業台に向かうときは暑くなるので、メグミは冬でも薄着だ。

メグミは空を見上げて、ふぅと息を吐いた。手に持っていたバケツを逆さにして最後の水を撒く。

水が豊富に使えるのは、裏庭にある井戸のお蔭だ。町の人たちは、縦横に流れる水路の水を使っていた。

「よし」

ひと通り済ませてから店の中の作業台へ向かう。

下拵え（こしら）は昨夜のうちに済ませてあった。

晩夏の季節を映して夏みかんを模した形や、寒天を使った夏菓子を丁寧に作り、ショーケースの中にひとつだけ置いて、あとは食品庫にある冷蔵庫へ移す。

電気がないのでただの保管庫なっている冷蔵庫でも、庭の冷たい井戸の水を入れておくと暑い空気に晒（さら）されないという利点があった。

そしてメグミはだんごを作り始める。

——だんごを作るときって、いつも、こちらへ来たころを思い出すわね……。大変だったなぁ……。

みたらしだんごが、この世界へきた和菓子屋〝テツシバ〟の最初の一歩だった。

　上新粉と水を混ぜて捏ねて蒸し生地を作り、丸める。竹の串は大通りの店が扱っていた。テツジが値段の交渉をして、失敗作でもいいからと譲ってもらった。店の中で形を整えて、四個刺すのがテツシバの基本だ。

三色だんごは春物だが、テツシバは一年を通して作る。三色だんごは三個、みたらしは四個を基本にしている。

丸めて刺してゆく。単調でもなかなか楽しい作業なので、このあたりで思わず祖母が口ずさんでいた歌の変形が出てしまう。

「だんご、だんご、だんご、だんご四姉妹～。丸みが足りない長女。長女。甘えったれーの四女、四女……」

だんごを次々に形作り、まずは積んで置いておく。火を入れた四角い耐熱箱の上に網をセットして焼くのは、もう少し先だ。

「だんご四姉妹～」

「なんだその歌は」

「ひえっ」

すぐ近くから聞こえてきた声に驚いて飛び上がってしまった。

顔を上げて横を見ると、背が高くがっしりした青年がわざわざ腰を屈めがちにしてメグミを覗き込んでいた。

精悍で主張の激しそうなはっきりした表情を浮かべるその貌は、週に一度くらい来るだけの客でも、覚えやすく印象的だ。

しかも庶民とは思えない雰囲気をまといながら、町の青年が服を着崩したような恰好をしている。

「こ、コラン様っ。え？　いつの間に？　今日は早いですね……って、まだ暖簾を出していませんよ。こんな奥まで入ってこないでくださいっ」

ぐぐっと迫ってくるような顔を手で押し退けたいが、両手はいま粉だらけだ。背中を反らして顔を軽く背ける。嫌いなわけではない。この人に、こういうふうに近づいて来られると無意識でも避けてしまう。

どちらかといえば小柄で細いメグミのふた回りほどの大きさがあるし、何より、激情を映したような赤い光彩をちらつかせる両眼に押されてしまう。光を弾かなければ暗めの赤で、例えるなら小豆色の瞳だった。

年齢は二十八でメグミより七歳も上のせいか、何かを追い求める視線が、迫力があり過ぎて怖いくらいなので見つめないでほしい。

お客様に失礼は避けたい……が、作業中のところに入ってはいけませんという主張はしっかりする。後ろに下がって走って逃げてしまいたくなっても、だ。

このあたりのメグミの性質は頑固一徹だったテツジに似ている。和菓子を作る過程は見せたくないのだった。

「暖簾？　そういえば出てなかったな。何かの柄の入った布が六枚くらい連なったやつだろう？　あれが出ないと営業時間じゃないってことだったか。すまない。奇妙な歌が気になったんでつい入ってしまった。何の歌だ？　聞いたことはないが」

コランはあっさり謝罪してきた。目を細めて笑ったようになると押しの強さが奥に隠れて可愛い感じになる。こうなると、なんでもいいよと言ってしまいそうだ。

異世界でも最初から言葉は通じていた。しかし文字の読み書きはメグミたちが必死になって覚えねばならなかった。

逆に、暖簾に書いてあるのは、メグミの故国の文字の一種で〝カタカナ〟というものだと説明しても、理解は得られない。当然だろう。ここは彼らの世界なのだから。

『カタカナを周囲に押しつけるのは無理だな。絵でいいさ』

とテツジが言い、サユリもメグミも賛同した。

『これは暖簾というもので、軒下に出したら、今から売りますっていう開店の挨拶なんです。よろしくお願いします』と説明した。

近所の人に言ったのはテッジで、コランに伝えたのはメグミだ。

コランは、テツシバの何もかもに意識を向けて細かく見てくる。そして質問責めにする。たとえば、たまに口に載せた歌であっても。

メグミは溜息をつきそうになるのを抑えると笑って答える。

「故郷の歌です。祖母に聞いたんですが、軽い感じが好きなので、だんごを作るとき、つい口から出ちゃうんですよ。でも、元の歌は三兄弟なんですけどね。うちは四個刺しですから、四姉妹に変えてます。さ、外へ出てください」

「今日は朝の時間が少し空いたから来たんだが、まだなのか。しょうがない、ほかを回ってくるか」

「あ、待ってください。ほかへ行くなんて、言わないでください。用意しているところを見られたくないっていうか、できあがりこそが大事で、あのっ」

思わず引き留めてしまった。

ほかへ行かれてしまうのは困るから慌てて近くの濡れタオルで手を拭いたが、かといって客だから引き留めたいというのとも違う。

身体の向きを替えていたコランはくるっと振り返ると、相好を崩す。少し悪戯っぽい雰囲気が漂った。

「メグに引き留められるんじゃ、動けないな。外で待つさ」

「うぅ……」

ほかへ行くというのは、メグミに止めさせるための引っ掛けだったのか？　得意げに言われると、ちょっと悔しい。

奥のほうにある調理場から出てきたサユリが明るい声をあげた。

「まぁ、コラン様。いらっしゃいませ。メグミ、何をしているの。早くベンチを出してお茶をご用意しないと」

「ベンチは俺が出す」

商店街で店先に出していた長いベンチは、店内に立てかけてあったので一緒にこちらへ来た。

竹製なので見た目よりも軽く、メグミでも動かせるから天気のよい日は外に出してお客さんに利用してもらっている。

それを運んで店の外に設置したコランは、まるでそこが自分の定位置だと言わんばかりにどっかりと座った。何かの包みを持っていて、使えるのは片手だけだったのに軽々と動かした。見かけ通り、しっかりした体躯とそれに見合った筋力があり、動きはとてもしなやかだ。

コランはサユリへ顔を向けて、さりげなく言った。

「サユリさん。相変わらず綺麗だね。それは、なんだ？」

女性に対する賛辞がするっと出てきても、軟弱とか、女たらしだとか、まったく感じられない。普段からし慣れている礼儀のように聞こえる。

コランは町の男の恰好でたまにふらふらとやってくるが、実は身分の高い家の出だろう。こういった言葉の端々からでも、メグミにはそれが感じ取れた。

サユリは両手で皿を持っていて、蒸した菓子が山盛りに載せられている。

だんご類は、下拵えはメグミがやって、ふたりのうち手が空いている方が焼いて客に渡すという段取りを決めてあるが、そのほかの菓子は分業を基本としている。

生菓子である練り物は細工を含めたすべてをメグミが担当する。蒸し物はサユリだ。

作業台の下にあった、菓子作りに必要なさまざまな道具も一緒に移動して来たのはとてもよかった。

蒸し器も、比較的大きな丸型と、形を作れて密閉度の高い長方形をした和せいろのふたつが手元にある。上新粉やもち米などを蒸すときに使う目の細かな布巾は、予備の新品を含めてそれなりの枚数が一緒に移動した。ガスが竈（かまど）や炭火箱になっても、道具は十分に使える。

足りないものは、メグミが近所の左官屋と家具屋と建具屋が合わさったような店の店主に頼んで手作りしてもらった。

『こういう感じね。え？　感じじゃ分からない？　そうか。じゃ、絵で描くから』

そんなやりとりを何度も行った。サユリはそのときの大きな鍋がお気に入りで、普段食べる米も炊いている。

手に持っている皿に目をやったサユリは、自分が作ったものへ注意を向けられたのが嬉しかったのか、それとも『綺麗』というひと言が効いたのか、目を細めて笑った。

「サツマイモたっぷりの鬼まんじゅうです。作り立てであったかいですよ。食べられます？」

「ぜひ頼む。食べてみたい」

お茶の用意をするために動き出したメグミは、サユリから鬼まんじゅうが盛られた皿を受け取って奥の調理場へ向かう。コランはサユリに訊いている。

「サツマイモか。この時期によくあったな。そろそろ終わるとはいえ、まだ夏のうちだろうに。イモ類は秋だろう？」

体感ばかりでなく、手元に来る食物やそれに反応する人々の言葉からも、季節の移り変わりとそこで育つ農作物が故国と同じなのが分かる。

サユリがころころと笑ってコランに答えた。

「大通りのお米屋さんが、たまたま北のほうから仕入れた品物に混ざっていたとか言われて。くださったんです。それで作ってみました。あとでお礼に、いくつかお米屋さんへ届けなくてはね」

「母さんは、夕方大通りへ出かけるでしょ。そのときに持っていけばいいわ。五個くらい取り置いておくね」

店の奥へ歩くメグミが、振り返って言葉を添えた。

コランは、北のほうの地名を聞いたかどうかや、どういうふうに混ざっていたのか、受け取ったサツマイモの育ち具合はどうだったのかなど、サユリにあれこれ訊いている。それを小耳に入れながら、メグミは調理場へ入った。

ときおり、コランはこうして新しい菓子材料のことなどを細かく尋ねてくる。それは好奇心というより、情報収集の意味合いが強いように思えた。レポートや報告書が書けそうな質問内容だったからだ。

サツマイモを使っているのが鬼まんじゅうで、ほかの材料を使う場合もあるがそれはいもまんじゅうとなる。明日は、サツマイモを半分つぶして、鬼まんじゅうを作る予定になっていた。

最初に五個を別皿に避ける。中皿に載せたものに布巾を掛け、ショーウインドウの上に置いてから、盆にお茶と鬼まんじゅうを盛った小皿を載せてベンチまで運んだ。

コランが座る横に盆のまま置く。

「どうぞ」

「メグも一緒にどうだ。ひとりで、もそもそ食べていてもつまらん。まだ営業前なのだろう？　話し相手になってくれ」

「そうしなさいよ、メグミ。みたらしは私が焼いておくから」

そろそろ焼き始める時間だった。

「いいよ、母さん。私が焼くって……」

コランが遮るようにして声を挟む。

「サユリさん、みたらしもほしいな。二本焼いてくれるか？」

「はい。すぐに」

満面の笑みでサユリは焼き箱に炭を入れ始めた。メグミは、テンションを上げてはつらつと動くサユリを眺めてから、盆を間に挟んだ位置でベンチに腰をかける。

――母さんったら、娘が売れ残らないようにって、コラン様を夫候補に入れているんじゃないかしら。

メグミは今年の春二十一歳になった。この国では、二十歳を過ぎると結婚を焦らなくてはならないらしい。二十代中盤で独り身になってしまうと、結婚相手を見つけることさえ難しくなると近所のおばさんたちが言っていた。

そんな話を常日頃から聞いているサユリは焦っていた。だから、二十代後半の男性に目星をつけたがる。

しかし、メグミに結婚したいという気持ちはない。今は店を守るのと、自分自身の職人としての腕前を上げたいばかりだ。たとえ夫でも、ほかの者の気持ちや意志に気力を割くのが惜しい。

異世界へ来ても自然の理からは逃れられず、親である以上、サユリのほうがメグミよりも先に旅立ってしまう。そのときひとりになったメグミが、寂しくなって誰かと一緒になることはあるかもしれない。

けれど今ではない。第一、相手がコランというのは、まったく考えられない。

笑えば愛嬌があるとはいえ、彼は隙のない言葉や動作、醸し出される迫力を全身から発散している男だ。町を散策している様子が、ふらふらしているように見えるとはいえ、あの目。

今も、メグミを見てくる視線は、ただの興味本位でお菓子のことを訊いているとはとても思えない。何かの目的があって近づいてきているのは間違いない。

――ただの勘でしかないけどね。お客様なんだし、来てもらえるだけで嬉しいのもたしかだし。でもね、母さん。この人絶対、庶民じゃないよ。きっとけた外れの身分違いだと思うわ。

彼の家のことや家族のことなど、サユリが一生懸命聞きだそうとしたが、欠片なりと口に出さない。匂わせることとさえなかった。

ただ、どれほど高い地位を持つ貴族の家の息子でも、兄弟が多いと年下は邪魔者扱いをされるらしい。だから外を出歩くのだとサユリに言われると、そういう気もする。

――笑った顔が屈託なくてわざとらしい感じがないんだよね。でも、コラン様なら、家の乗っ取りのひとつやふたつ簡単にやって、跡を継ぐのもできそう。

あくまでも、受け取る印象だけの話だが、たくさんの客を見てきたメグミの人の評価は、それほど違ったことはない。

あれこれ考えを巡らせながらコランを眺めているメグミに頓着せず、当の本人は、鬼まんじゅうをいたく気に入った様子で、ばくばくと食べている。

彼は、ごっくんと食べ終えてお茶をひと口飲んでから、横に座るメグミを見て言う。

「うまいな。いもはいい。腹が膨れるし、やせた土地でも多くの収穫を望める。これなら材料費もあまり掛からないし、だろう？」

「うちはサツマイモと上新粉を使います。……小麦粉の場合もあるんですけどね。砂糖が高いかな。でも、たしかに材料費はそこまで高価にはなりません。蒸すのに器具と手際のよさがあればできます。あ、上新粉というのは……」

「うるち米、だな？　メグが一個ずつ作る生菓子というものにも使われるんだろう？　ほかに豆も使う。生菓子の白いあんこがそうだったな」

メグミは笑ってしまった。以前にも根ほり葉ほり聞かれて、かなり詳しく話した。主食ではなくたまに食べる菓子の原料に過ぎないのに、それをきちんと覚えているところがまるで資料集めのようだと感じる所以だ。

何に利用したいのだろう。

「メグの父親はどういう人だったんだ？　農家でうるち米を見つけて、港にある粉ひき屋に持って行ったと話していたな。この国に上新粉というものは、元々なかったはずだ。そうやって作らない限りは」

「コラン様が初めてこちらへ来られたのは半年前でしたから、父とは入れ替わりになったようなものです。顔を合わせるのは、どうしたって無理でしたね」

「……一度くらい、話をしてみたかったな」

テッジなら、コランの疑問にもたくさん答えられただろう。

和菓子が非常に珍しい……というより、ほかにはないものであり、似たような菓子を作る店があったとしても、〝和菓子屋〟はこの世界でテッシバだけだということを、いつかコランに話すことがあるだろうか。

「父さんは、和菓子の材料を集めるためにすごく頑張りました。『おいしい菓子のためには材料もいいものを使わなくてはならん』と昔から言っていて、原材料にも詳しかったし、それを作る方法も知ってた。……私とは違うな」

目の前には人が行き交う道がある。そこから目線を空へ移動させたメグミは、この夏最後かもしれない入道雲を睡に映しながら、話のしめくくりは口の中で呟いた。

もっと学びたかった。彼女はまだ和菓子職人の卵に過ぎない。師匠のいない卵だ。

テッジは和菓子のことならなんでも知っていたし、異世界へ来ても作り続けるにはまず材料の確保が大事だとすぐに気がついた。

『食品庫に貯蔵してある粉類や、カメに貯めてあるタレが尽きたら、それで終わりになっちまうな』と、夜中にぽつりと口にしていた。

材料の確保のために動き出したそれからのテッジはすごかった。

――乗合馬車で二日も三日もかけて港へ行ってた。農家も回って、米を探して。ワイン蔵の主にも会ってきたって言ってたなぁ……。そこで醤油を作ってはどうかって提案したんだわ。かろうじて食品庫に残っていた醤油を見本として持ち歩いた。重い荷物を担いで、あちらこちらへ行って……。父さん。

昼間はメグミに店を任せ、夜は彼女に和菓子を教えて次の日の下拵えもする。人と話をするのは得意ではないのに、情報を集めるために、隣近所の店や大通りの大きな店舗にも顔を出してさまざまなことを訊いていた。

――人見知りでもあったのに。

どれほど大変だったことだろうか。

テツジは無理に無理を重ねて身体の調子を悪くしていたのに、サユリやメグミに気づかせることなくさらに動いた。

そうして、この世界へ来て二年半になろうかという春近いある朝、父親は起きてこなかった。

「メグ」

横から呼ばれて、はっと我に返る。どうやら空を眺めている間に目尻に涙がにじんでしまったらしい。

ぱちぱちと激しく瞬きをしても解消しないので、急いで人差し指でぬぐって隣に座るコランを見やる。困ったような顔をしている彼に笑いかけた。

「ごめんなさい。店先でこんなこと、気が抜けていたのかしら。菓子は楽しく食べるものなのに。すみません。亡くなってまだ半年ですし、コラン様の前でだけでしょうから、大目に見てやってくれませんか？」

座ったままだったが頭を下げると、コランはたいそう慌てた様子を見せた。

「お前の気持ちも察してやれず、いきなり話に出して悪かった。一度くらいは逢いたかったというだけで、その、あー……泣きたいときには、泣けばいいと俺は思うぞ。解消できない我慢は、しこりになって膨らんでしまうからな」

あれ？と思った。我慢がしこりになったという経験があるのだろうか。しこりになって、そしてどうなったのかと訊くのは、やめておく。心にしまったものは、自ら話せるときが来るまではそっとしておいてほしいだろうから。

「はい」

菓子を求めてやって来る人に、多くは語らない。とくに父親のことは。

コランはホッと息を吐いた。

――だめだな。気を使わせてしまうなんて。それこそテッシバの名前が泣く。もっと楽しい話題を、えーっと、不思議な話とか、なにか。あ、そうだ。

「そういえばね。父さんは港や農家やワイン蔵まで出向いていたけど、この半年で、粉ひき屋さんが大通りで店を出したの。それから、米屋さんや、醤油を取り扱っているワイン屋さんができて！　びっくりしたわ」

テッジが亡くなったことを知らせにあちらこちらを回った。そのときに、できたら王都に店を出さないかと提案したが、費用がかかると断られている。

「そうか。ならもう、メグは遠くまで買いに行かなくて済むんだな」

コランは、うんうんと頷きながら聞いてくれるので、思わず弾んだ声で続ける。

「すごく助かるわ。父さんが教えてくれたからって、安く分けてもらえるし。その代わり、とくに醤油などは、どういうふうに使用するのか、何に使うのか教えてほしいと言われたのよ。それで母さんがたまに大通りの店を回って実演しているんだ」

醤油が調味料だということは、実体験してもらうのが一番分かりやすい。

「それで今夜行くのか」

「夕方にね。醤油は既にお肉のソースとして使っているところもあるらしいわ。だから母さんは、今度は炊き込みご飯を鍋で作ろうかって考えているの。米も醤油も使えるから。ほかにもいろいろな料理でどうやって使うかを見せて……」

次から次へと語ってしまった。

──お客さんには多くを語らないはずが……！　コラン様は聞き上手なのかな。関心の度合いが大きいからかしら。自分の持っている知識が引きだされてゆく感じ。ほかの世界から来たって、いつか話してしまいそうだ。

異世界のものだからこそ、和菓子は珍しくて、和菓子屋はこの大陸でここだけかもしれないと話しても信じてもらえなければただの怪しい人になってしまう可能性も高いのに。

「材料を生かした使い方を習得すれば、使う量も増えて、材料を売る店も助かるというわけだな」

「私も助かりましたよ。結局、このヴェルム王国の国王様のお蔭です。みんなが商いの支店をこちらで出せたり、引っ越して来たりできたのは、『新しい産業を起こすための種を持った者には補助金を出す』という法を作られたからだそうです。すごいです」

「すごいのか。そうか。……ヴェルムの国王は、いま五代目になる黒獣王だ。知っているか？」

「代々受け継がれているっていうふたつ名ですよね。大陸を席巻した国同士の戦争時代に大活躍をしたからそう呼ばれたのでしょう？　残虐だとか非道だとか。そういうのはふたつ名のせいで、いまの国王が何かをしたなんて話は聞きませんから、ただのあだ名っていうだけかもしれませんね」

異世界へトリップしたのは三年前だった。

ほんの三年でこの世界のことを学んでゆき、歴史などは、つい最近近所の人との会話から得た乏しい知識しかない。そのせいか、先入観がないので感じたままの感想になる。

——戦いが収束してきたいまは、別な方法で国を動かしていかなくちゃいけないわよね……。田畑が荒れ放題では、領土を広げてもたいした意味はないもんね。

シャッター街と言われた商店街を思い出す。この先、ヴェルム王国で重要になるのは経済だろう。そういう面からも〝補助金〟は悪くない。

「私ね。『新しい産業を起こすための種』に国掛かりで投資するのは、すごくいい案だと思うわ」

笑って言えば、コランは彼女を見ていた目線を地面へ向けると、ごほんとひとつ咳をした。

——あれ？　なにか変なこと言った？

「メグ。黒獣王の名前、知っているか？」

「は？　な、名前？　みんな黒獣王って呼んでいるし、なんだったかな。黒い髪をしていて、骨太な方だそうですけど。私は三年前にここへ引っ越してきたから、実際の姿は見たことないんです」

彼女にしてみれば、補助金があるからこそ、必要な店屋が近くに来てくれた。単純な判断になるが、メグミにとってそれだけで高評価になる。

「二十代後半とか。三十代だったかしら……」

批判をしているつもりはなくても、この国の最高権力者のことをずいぶんあけすけに話していたと、メグミは唐突に気がついた。

先代や先々代の王たちは、ふたつ名を冠した過去の王と同じ性格をしていて、他国と小競り合いをしながら、国政においては〝凍れる冷たい手〟と謳(うた)われたような手段を存分に振るっていたらしい。

近所の占い師のおばあさんが話してくれたのだが、今の王は、同じ黒い髪を持った〝黒獣王〟でありながら、従来の悪政を一新したという。

『今の国王様は、前王たちとは違うよ』

とおばあさんは言ったが、それでも実物が過去の王と同じだったら、ただの噂話でも曲解したあげく、罰せられてしまうかもしれない。

メグミにとって何より恐ろしいのはテツシバを取り上げられることだ。

「ただの感想で悪口じゃありませんからっ」

あたふたとフォローにもならないことを口走れば、隣ではコランが笑っていた。

「な、何がおかしいんです。そりゃ、補助金とか出しているし、そういえば山のほうから水を引いて王都に何本も水路を作ったとか、大通りに赤レンガや平たい石を敷き詰めて整備したとか聞きましたけど、本性は鬼かもしれないじゃないですか」

「いろいろよく知っているな。鬼か。それだけやっていれば鬼になる暇もないだろう。慌てなくても、メグの言ったことは賞賛だぞ。耳に入れば、ふんぞり返って喜ぶんじゃないか」

「ふんぞり返って、って。黒獣王を知っているんですか?」

「顔を合わせたことはない」

否定しながらも、自分の返事がおかしかったのか声をあげて笑い出したコランを、メグミはぎっとにらんだ。

すると、後ろから肩をとんと軽く叩かれてぎょっとしたあまり、彼女は勢いよくぐるんっと振り返る。立っていたのはサユリだ。

「メグミったら、楽しそうねー。コラン様。みたらしが焼けましたよ」

からからと笑うサユリは、竹で作った皿の上に、たっぷりのタレに浸したみたらしだんごを二本載せて持っていた。メグミは、店の前だったのをようやく思い出して顔を上げる。

するとすぐ近くに、店が開くのを待つ子供たちがいた。大人の姿もちらほらある。大人たちはコランとメグミのやりとりをずっと眺めていたようで、笑っている。

「う……ぐぅ……」

頬を紅潮させたメグミは、何かを言えるわけもなく思わず唸ってしまった。たまにこうして言葉に詰まるのだ。自分は職人の卵で喋るよりは黙々と作っているほうがよほど性に合う。

「唸るな」

合いの手のようにコランが言えば、その場はどっと笑いが巻き起こった。そろそろ昼近くになるのに暖簾を出していなかったことにようやく気がついたメグミは、急いで立ち上がる。

「コラン様、どうぞごゆっくり。私、仕事に戻ります。暖簾を出さないと」

「子供が多いな」

「この近くの子供たちにとって、みたらしだんごはご飯の代わりにもなるんです。上新粉ですからお腹も膨れますしね」

「たしかにな。俺も飯の代わりに食べている」

二本目に手を伸ばしたコランは、幸せそうな顔をしていた。満足げに食べてもらうと、メグミは、自分が充足するのをまざまざと感じる。

急いで暖簾を出していたメグミは、彼に何気なく話す。

「下町の外れから来ている子は、みたらし一本が一日の食事になるみたいです。王都は表面ではすごく繁栄していますけど、陰では貧しさが蔓延(はびこ)っていますからね」

それだけ言って、彼女は待っていた人たちに向かって開店を告げる。

「お待たせしました。今日は、鬼まんじゅうもあるよっ」

威勢よく声に出す。サユリはショーケースの前で売り子に回り、メグミは焼き箱の後ろに立って、既に整えておいたみたらしを焼いていく。タレは横に置いた台の上だ。

コランは黙ってメグミを見ていたが、食べ終えたのを機にベンチから立った。

メグミはコランに声をかけた。

「ありがとうございました」

そのまま去ると思われた彼は、店の中に入りサユリのほうへ寄って、持っていた包みを渡した。

「メグミから借りていた本だ。返すぞ。書いてあった文字は読めないが、絵は細かくてよく分かった。撒いた種から芽が出て、育ってきている。これで〝小豆〟とやらにお目にかかれそうだ」

目の前のお客さんの注文に応えていたメグミは、耳に入ったコランの言葉に胸が大きく鼓動を打った。そちらを見れば、コランはメグミを眺めて目を細めている。

――育っているんだ。

彼女は振り返って、家の最奥の窓から垣間見える庭へと視線を飛ばした。あそこには、井戸と、小さな畑がある。畑には、三度目の植え付けをした小豆が育っていた。

――二度、失敗した。父さんは実るのを見られなかったけど、今度こそ。

小豆を収穫できたら、あんこが作れる。あんこで、テツシバが提供できる和菓子の種類も味覚の幅もぐっと広がる。

メグミはあんこ、とくに粒あんが大好きだったから、手元でも栽培してみたくてその手の本を店の片隅に置いていた。暇があったら見ようと考えたからだ。

それも一緒に移動した。

この世界には小豆がない。だから、あんこが作れない。本を参考にして、食品庫の在庫の小豆からテツジは二度栽培をしたが、害虫に食われたりしてうまくいかなかった。

二度目に植えたときにかろうじて虫から逃れた小豆から、今年の五月にメグミが植えた。

そのとき何かのきっかけでコランが『小豆とはなんだ』から始まって、彼が用意できる畑でも栽培したらどうだろうかという話になった。

メグミの家の庭と違ってとにかく広いのだそうだ。

そのときにあった最後の小豆を半分にして本と一緒にコランに渡した。

「育ってるんですね。うちの庭のも育っています。もうすぐ収穫だわ」

「茶色になったものから収穫して、休めて、乾かすんだったな」

「はい。私のほうはある程度同じ時期に全部収穫していくんですけど、コラン様のほうは七月に畑に入れていますので、きっと秋から初冬にかけて長く収穫する時間が必要だと——本に書いてありました」

本には写真が多かったが、彼はそれを精密画と考えた。文章はメグミが読んで説明し、あとは麻袋に入れた小豆と一緒に渡したのだ。

「メグちゃん。お話し中に悪いけど、冷めちゃうでしょ」

「すみません。すぐお渡しします」

待っていた近所のおばさんに手早くみたらしを三本包んで渡す。

今度こそ、コランは笑って店を出て行った。後ろ背に片手をあげ、メグミに言う。

「小豆であんことやらを作るんだろう？　もちろん、俺に食べさせろよ。あんこは和菓子のキモなんだろうが」

「はいっ」

ちらりと彼女を見たコランは、悠々と歩き去っていく。

無造作に後ろに流された髪が少々重たげに靡（なび）いていた。ざっくばらんに切られた髪は、メグミと同じで黒色だ。

――黒髪は珍しいと言われても、私もそうなんだけど。瞳の色が小豆みたいな人。

今度こそ実りを手にする。そして、おはぎやまんじゅうを作る。羊羹も作りたい。

メグミは遠ざかってゆく背中をじっと見る。

――父さんの背中に似ているかな。でもコラン様のほうが大きい。

「メグちゃん。見惚れているの？」

小さな女の子が立っていた。知った顔だ。

「待たせちゃった？　ごめんね。はいこれ」

一本だけのときは手渡しをしている。包み紙も舟形の薄い竹皿も、それなりに費用がかかってしまうからだ。

「あれ、今日は髪にリボンをしているのね」

まだ七歳くらいの女の子の家は、治安が悪い下町にあり、父親は求職中だという。『仕事がなくてね』と働いて家計を支える母親がぼやいていた。女の子はひとりで留守番をするときに、たまに買いに来る。

「リボンね、父さんが買ってくれたの。仕事で家から離れているけど、たまに戻ってきて、そのときはおいしいご飯も食べられるんだ」

「それはよかったね。仕事が見つかったんだ」

「うん」

貧しいのは、仕事にありつけないことが大きな原因だ。家族がいて健康であるならまずは働きたいだろう。

「じゃ、メグちゃん。また来るね」

「またね。今度は、メグ姉さんくらいにしてよね」

「分かったよ、メグちゃん」

ははは……と引きつった笑いがこぼれた。

——新しい産業の種は、もしかしたら見つかりつつあるのかも。

明るい話題だった。

夕方になってサユリは大通りの店へ行った。今日は、鍋で炊き込みご飯を作る予定になっている。お醬油を取り扱っているワイン屋と米屋のために、うまくいってほしい。

浅い鍋では、メグミはせいぜい米を炊くくらいしかできないから、具が入るとどうなるか、サユリに結果を聞くのが楽しみだ。

そろそろ客足も途切れてくる。和菓子屋が扱っているのは菓子だから、夕餉の時間が近くなると人が少なくなる。

メグミが店内の掃除を始めたとき、一台の馬車が店の前に止まる。

――ん？　ジリン様かな。

この頃は身分に関係なく和菓子を求めて訪れる人も増えてきた。ありがたいことだ。

その中でも、もっとも高い身分の人がジリンだった。

隣家の奥さんが耳打ちしてくれたところによれば。

『公爵様なのよ』

『え……？　ご本人なんですか？』

『そうなのよ。あちらこちらの店を覗かれるけど、テッシバへ来られる回数が一番多いわね』

ということらしい。人を遣わせることもなく自分で買いに来るのは、本当に好きなのだと感じられて嬉しい。

停止した馬車の扉には貴族の家の紋章が打ち込まれた金属板がはめられていた。その紋章から、ジリン公爵だと分かるらしい。

店から眺めていると、バタンとドアが開いて、中から恰幅のいい壮年期の男性が出てくる。貴族然とした服装に、態度も歩き方もどこか横柄そうで威張った雰囲気があるが、貴族はみなそうしたものだ。何度も店へ足を運ぶジリンは貴族的であっても、とても柔和で穏やかな人だった。

イケメンのおじさまでも、背はあまり高くはなく、お腹が前に出過ぎているのがいかにも残念だ。

メグミは笑いながら外まで出て、ジリンを迎える。

「いらっしゃいませ。ジリン様。お元気でしたか?」

「三日前に来たじゃないか。元気にしているよ。みたらしだんごはまだ残っておるかね」

「はい。何とか三本なら。すぐ包みますね。醤油にしますか？　タレですか？」

メグミが焼き箱に向かうと、ジリンは外のベンチにどかりと座る。

紋章の入った馬車は、御者の操作でテッシバの前から離れ、少し先の馬車屋にある馬止めに移動した。

「タレだな。今日は食べていく。サユリさんは？　出かけているのか？」

「はい。大通りの店へ行っています。醤油の使い方などの実演調理をしてくる予定なので、もう少し時間がかかるでしょう」

ジリンはメグミたちがこの世界へ来た直後からの常連だ。

お茶の用意をして、竹皿に載せたみたらしを持っていく。

「間に合ってよかったぞ。もう売り切れかと思った」

嬉しそうなジリンの様子に、前に立ったメグミも気持ちが浮き立った。

「うまいのう」

「お土産にできるほど残っていなくて、すみません」

「いやいや、気にするな。こうしてここで食べているのも、うちの奥方が『太り過ぎですから甘いものは控えてくださいっ』と怒るからなんだよ」

だから隠れて食べているのかと、呆れ半分、おかしさ半分で、ぷはっと吹いてしまった。そういうメグミを目を眇めて眺めたジリンは、自分の横をとんっと叩く。

「隣に座りなさい。話がある」

話の内容は以前にも聞いたことだと予想できたので、メグミは顔を曇らせる。

お茶のお代わりを持ってきて、言われたように並んでベンチに座った。そうすると、暮れていく町を眺めることになる。

あちらこちらで竈の煙が上がっているのを見て、ヴェルム王国がつい最近まで国同士の戦いに明け暮れしていたとは思えない穏やかな時間を得られていると実感する。

「この間のお話でしょうか」

「そうだよ。わしの頼みごとだ。返事が欲しくてね」

先日、やはりこうして人がいなくなる時間を見計らって来たジリンは、メグミに、屋敷で働かないかと勧誘した。身分の高い人に和菓子を振舞えば、出資者も現れてもっと大きな店を構えられるだろうと言われた。

「どうだね」

「……ジリン様。お誘いありがとうございます。ですが、前にお答えしたのと同じです。私は、このテツシバを守りたいんです。ここで、よりたくさんの人に和菓子を味わってほしい。新しい和菓子もここで考えていきたいんです」

以前も同じように返事をした。

ジリンは、残念そうに眉を少しひそめて溜息を吐いた。

「実は、わしにも事情があって、今の話には期限があるのだよ。まずは、お前の作る菓子を貴族の連中に食わせたいし、別なところでも作ってほしい。そこにいる方に、食べてもらいたいと思っている。報酬はかなりの額になるぞ。どうだ」

より多くの人にというなら、貴族の方々もその中に入るのではないかと考える。出資者が現れて、大通りで大きな店を構えて菓子を出せれば、よりたくさんの人の目に留まるだろう。迷う気持ちも出る。

それでも、最後はやはり、テッシバこそが自分のいる場所という思いに戻る。

「すみません。周りの人によく頑固だって言われますけど、よくよく考えても、初めに戻るんです。私はここで自分で考案した和菓子を作っていきたいんです」

「そうか……、残念だ。メグミは本当に、曲げないし曲がらなかったテツジに似ているなぁ。かといって、外面からはその頑固さは分からない。外見はサユリさん似だな。サユリさんの娘らしく柔らかで細いから、たおやかな美女にしか見えん」

「えー、まさか」

思わず笑って否定する。〝たおやかな美女〟というフレーズが頭の中で鳴り響いた。

「まさかじゃないぞ。見掛けもそうだが、おまえの動きは柔らかで滑るような静けさがあって美しい。なにか、そういった礼儀作法など習っていたのかね」

「そうですね。お菓子を作るにあたって必要になるので、お茶の淹れ方を学んでいました。言われてみれば、あれも礼儀作法のひとつでしたね」

和菓子の納入があるので茶道を習っていたが、それは言っても分からないことだと思う。理解したのかどうか不明だが、ジリンはふむふむと頷いていた。

「考えというのは状況によって変わることもあるだろうから、もしもその気になったら連絡をくれ。あの馬車屋の主が、わしの屋敷の場所を知っている。そのときにはお前を連れてくるよう言っておくから、気が変わったら伝えてくれ」

メグミを見たジリンが一瞬、穏やかな優しいおじさまという印象から、権力闘争を繰り広げている貴族の顔になる。彼は力を込めて付け加えた。

「期限がある。決めるなら早くということだ」

どきんとしたが、すぐに表情も代わってジリンはいつものようになった。

「ジリン様。ありがとうございます」

自分の考えが変わるとは思えなかったが、先々に何があるか分からないのもたしかだ。いきなり滑るようにして異世界へ来てしまった、ということも起こりえたではないか。

　何より、ジリン公爵はテツジを知るひとりであり、お得意様だ。頼みごとというなら、できれば応えたい気持ちもあった。


　夜の帳が下りるころ、サユリが大通りから戻ってきた。メグミはベンチを店内に入れて壁に立て掛け、暖簾を外して四枚の戸を締める。

　盗賊などが来ると板戸では心許ないが、ほかの手立てがないので、今のところ鍵だけかける。手際よく火箱の中の炭を消して、汚れた部分をふき取りながら、サユリが語る今日の成果を耳に入れていく。

　視線が向こうまで行き届くほど開け放っているし、さほど大きくもない部屋だから、声も届きやすい。

「醤油ね、よくできていたわよ。鍋では心配だったけど、炊き込みご飯、うまくいったわー。醤油のいい香りがしてね。大通りを歩いている人たちが皆覗きに来たのよ。できあがりを分けてもらったから、夕飯にしましょうね」

「庭のほうを見てくる。ご飯はそのあとでね、母さん」

「早くね」

奥側になる調理場へ足を向けたときに、店の中をひと通り眺めて最後の確認をする。

以前、ガラスで区切っていた奥側にあった作業場は、テツジが店の前部に移動させた。焼き網が乗った火箱は一番前へ設置して炭を入れる。電気がなくて換気扇が回らないのでガラスは外して、売り場を縦に長くした。

この区域の幹線通りは大通りよりも狭いとはいえ、十分な人通りがある。その通りに面した感じになったので、みたらしを焼き始めるとなんとなくでも人が覗いていく。匂いにもそそられるようだ。

その奥へつながる壁沿いの並びに作業台が設置されている。ショーケースは反対側に並べて後ろ側に売り子が入る仕様にした。

――父さんが頑張ってくれたおかげで、店として成り立っているんだ。

菓子職人だったテツジが大工の真似事までやった。

見回しても、店の中に異常はなさそうだったので、メグミは奥へ向かう。

作業台に続くのはサユリが蒸し物をする調理場になる。そこへ入る直前の棚のところに、テツジの名前を書いた板を位牌代わりにして立てていた。

どうしても位牌がほしかった。

横幅の真ん中ではなく多少左に寄せたところに名前を縦書きしたのは、右寄りの空いた場所に、いずれ〝志波さゆり〟と入れることを考慮したからだ。サユリがそうしてほしいと主張した。

名前は漢字なので、この世界の人たちは暖簾のカタカナよりもさらに絵に近いものに見えるだろうが、サユリとメグミだけが理解できればそれでよかった。

メグミはその前に立つと、店の終わりにいつもやっているように手を合わせる。

「父さん。今日も無事に終わりました。新しい和菓子はもう少し待っていてね。できるなら小豆であんこを作ってからにしたいんだ。ほら、私、粒あんが大好きだから」

ふっと笑って、挨拶を終えた。

サユリは朝早くに手を合わせている。朝晩にしないのは、あまりにも思い出が強く出てきて引き込まれてしまいそうになるからだ。

とくにサユリは、テツジの記憶へ意識も心も向いてしまって戻ってこられないかもしれない。最近、そんな危うさを、漂わせるようになっていた。

メグミは、ダイニングと寝室を抜けて庭へ出ると、井戸の様子を見て、三つに分けた畑のひとつを確認する。畑のふたつは休ませている。

個人の庭なのでさほど広いわけではないし、さらに分けて使っているので、はっきり言って狭い。それでも日当たりだけは素晴らしくいいから、小豆の栽培に適していた。

この国には小豆がない。考えてみれば、元の世界でも小豆の発祥地はアジア方面だったから、西洋ふうのこちらにはまだ伝わっていないだけかもしれない。あるいは、この世界にはまったく存在しないということだ。

小豆がないから、あんこが作れない。

——でも、今度こそ。

食品庫に小豆の貯蔵分があった。テツジは小豆がないと理解した時点から、それを使って栽培を始めた。

二回失敗した。父親は結局実りを手にすることはできなかったのだ。

三度目はメグミが育てている。それまでの失敗から学んだことを生かして、二度と枯らさないよう、あるいは水をやり過ぎないようにする。あとは虫の駆除だ。

——今度失敗すると、ここの土を丸替えしない限り使えない。第一、発芽させる豆もなくなる。あんこのない和菓子屋になってしまうんだ。そんなのはいや。

くっと唇を噛んだ。これぱかりは努力だけではどうしようもなかった。

——コラン様に分けた分は、あの人のところで育っているんだよね。一度見せてもらおうかな……なんて、待ちなさいって。まだここがダメと決まったわけじゃない。

メグミは育ちつつある小豆の葉に異常がないかどうか、細かく見ていく。残暑の時期になったいま、長い鞘ができていて、数本が茶色くなり始めていた。

五月に植えたものが、秋になって実りを迎える。もうすぐ収穫だ。

──鞘は茶色になってからひとつずつ取ること。中から出して水洗い。それから日干しにするけど、そのときは虫に要注意……だよね。

小豆の栽培に関する写真の多い大判の本の内容を脳裡で巡らせた。

──もうすぐ。もうすぐだわ。

「メグミ。ご飯よー」

「いま行く」

しゃがんでいたメグミは手を洗うために立って洗面へ向かう。

台所と続きになっているダイニング、その奥がサユリとメグミのふたつのベッドを並べた寝室だ。そこに水周りへ通じるドアがあり、中は洗面とトイレと風呂になっていた。

手押しポンプ付きの井戸があったのは素晴らしいと思う。おかげで、薪式の風呂とはいえ、毎日のように入れる。

元々あった家の中に、店と食品庫が一緒に滑り込んだ形で移動していた。ピタリと入る大きさの分だけが移動したということなのかもしれない。

ありがたいことに、生活に必要な部屋は最低限そろっていたし、店が入り込んでも、家は崩れなかった。

「待たせてごめんね、母さん」

「遅いんだから。冷めちゃうかと心配したわー」

ようやく向かい合った椅子に座ったメグミを、サユリちょっとにらむ。メグミは笑った。こういう子供のような一面に接するとホッとする。テツジが亡くなったあとのサユリは、いまにも後を追いそうだった。

テーブルの上に並べられたのは、サユリが作った炊き込みご飯、そして醤油ベースのタレがかかった焼き肉、サラダといったところだ。スープもある。

「溶き卵の吸い物？　うっわ、豪華」

「お肉なんて久しぶりじゃないかしら。ワイン屋さんも米屋さんも粉ひき屋さんも、『ほかにない品をそろえられるのは、テツジさんがあれこれ教えてくれたお蔭です』って分けてくださるのよー。助かるわー」

醤油などは、見本があった。しかし作り方となると、テツジの知識がものを言ったらしい。

「さ、食べましょうね。いただきます」

「いただきます」

お腹が空いているのでたくさん食べる。母親と娘で向き合って食事をするとなれば、それなりに遠慮のない会話が弾む。

表通りの店の噂から、近所のお嫁さんがどうの、おじいさんがこうのと、軽い話から重い噂まで、思いつくまま話が行ったり来たりした。

「ほら、小物屋の奥さんがね。『メグミちゃんはコラン様と結婚するの？』って聞いていたわよ。今日も仲よさそうだったもんねー」

——うっ、来た……っ。

ちらりと見てくるサユリは、コランとメグミがくっつくなら大賛成するのにと今にも口にしそうだ。

メグミは、この際だから強く言っておくつもりで箸を置いた。

「母さん。あの人はどう見たって貴族階級だよ。身分違いだって。着ているものは町の男たちの服に似せているだけで、すごくいいものだと思わない？」

「それはね。私もそう思うわよ。だけど、こういう場所をふらふらしているんだから、たとえ貴族の息子でも、邪魔にされてしまう五男とか六男なのよ。テツシバを継いでほしいとは言わないけど、なんとかメグミを嫁にもらってくれないかしら」

〝嫁にもらって〟というのがそもそもこの世界には合わない。

おまけに、メグミには結婚する気もない。

お茶を淹れようと無言で立ち上がったメグミは、サユリがこういうことを言う理由も分かるので端からその望みを叩き落としてしまうのは躊躇われた。かといって、コランとのことをあれこれ画策されるのも困ってしまう。

サユリは夢見がちな顔をして言葉を重ねる。

「コラン様は頼りがいがありそう。それにあの人は絶対スイーツ男子よ。メグミには、もってこいじゃないの」

「そういう問題じゃないって。大体、気持ちがついていかないのよ。私も、コラン様だって」

「そんなことないわよー。メグミは、コラン様にはほかの人と違う態度を取るじゃない。コラン様もまんざらでもない様子だわ。身分違いが何なのよ。愛は勝つっていうし、どう?」

何とも古いフレーズが出てきたものだ。

「ほかの人と違う態度なんてとっていないし！　コラン様だって普通でしょ」

一週間にせいぜい一度やって来るコランは、ジリンのようにお得意様と言うほど頻繁ではないが大切にしたい客には違いない。

コランやジリンなど、和菓子を好きになり、いろいろなものを試してくれる人がいるから、単価の安いものばかりではなく、上生菓子や白あんや栗あんを入れたまんじゅうも作っていける。

――まんじゅうにあんこが入れば、きっともっと喜んでもらえる。

小豆の収穫が成功して粒あんやこしあんができれば、いままでの白いんげんから作った白あんのものだけでなく、さまざまな和菓子に手を出せる。

もっといろいろ……。

「メグミ。……メグミ！」

名前を呼ばれて、はっと顔を上げるとサユリが笑っていた。

「メグミは本当に和菓子職人なのねー。いま、頭の中でたくさんの菓子が回っていたんでしょう？　そういう状態になると周囲のことなんてすっかり飛んじゃうのよね」

「ごめん、母さん」

「いいのよ。父さんもそうだったから。あのね。メグミに結婚なんて余計なお世話だってこと、私だって分かっているのよ。でもね、親は先に逝ってしまうから……」

サユリの視線がふっと位牌のほうへ流れた。

「母さん。もうすぐ小豆が収穫できそうなんだ。獲れたら、今度は羊羹とか作ってみるから。結婚なんてもっと先でいいよ。だから母さんも、ちゃんと見ていて」

サユリは困った顔をしながらも、ゆっくりうなずいてからメグミが淹れたお茶を飲んだ。

ベッドへ入っても眠れない。庭から入る月明かりだけの暗い中で、ときおり目を開けてすぐ隣に寝ているサユリのほうを見る。

——父さんは、朝、起きてこなかった。

胸がずしんと重くなる。まさか母親も同じようになってしまうとは思いたくないが、夕食のときに話していたことが気になって仕方がない。

——母さんを安心させるために、結婚……するべき？　でも誰と？　大体、店はどうするのよ。食事の支度だって、私は、和菓子しか作れないし。

料理はできなくはないが、そんな時間があるなら、菓子の新作を考えていたい。

——コラン様は無理だよ、母さん。あの人は、普通の人じゃない。何かを求めて、必死にそれを掴もうとしている人なんだって。だからすごくいろいろ訊いてくるじゃない。訊いているのは、〝和菓子について〟だけでしょ。

メグミのことを訊いてはいない。和菓子が珍しくて、どうしてこういうものが突然現れたのか、どうやって作っているのか、誰が買うのか、材料は？　――と、情報収集そのものだ。

――〝ほかの人とは違う態度をとる〟か。母さん、さすがによく見てるな。

メグミにとってコランは、恋愛感情とは関係のない特別な人だ。

半年ほど前。

テツジが急死した。サユリもメグミもふさぎ込んで店を開けられないまま三日が過ぎ、四日目の朝、閉まっている戸を叩く者がいた。

『ここに〝みたらし〟っていう菓子があると聞いたんだが。知り合いが、うまいうまいと絶賛する。ものすごく食べてみたい。だめか？』

起き上がれなかったあのとき、もう一度和菓子を作ろうと思わせてくれた人物がコランだった。

本人には少しもそういう意識はないだろうし、今となってはそのときの記憶もないと思うが、メグミには、この世界へ来て生活に追われていた中で、初めて自らの足で立ち上がって和菓子を作る気持ちが吹き上げたときとなった。

『和菓子という菓子なんだろう？　そのうちのひとつが〝みたらし〟なんだよな？　どういう味なんだ』

あまりに激しく戸を叩かれたので疲れ切った顔を出すと、彼は少しだけ開けた戸をばんっと大きく開けて、メグミの顔の高さまで腰を曲げた。しっかり目を合わせて迫ってくると、激しく言った。

『食べたい。作ってくれ。珍しい菓子なんだろう？　突然店ができたと思ったら、客がどんどん増えているそうじゃないか。誰の口にも合うってことだな？』

『誰の口にも、かどうかは分かりませんケド。この世界で、和菓子は珍しいでしょうね。ほかにはないものだと思いますし』

頭の中が霞んでいるような感じで、ぼんやり答える。少々自暴自棄になっていた。

『ほかにはないのか。ほしい。頼む』

彼はメグミに向かって頭まで下げた。

自分と同じような黒い髪を眺める。どこの誰とも知らない。しかし、強固な意志と存在自体に熱があった。

彼女の頭の中に居座っていた濃霧がすうっと途切れる。思考がしゃっきりとして晴れてゆくのが手に取るように分かった。

テツジからまだ職人としての技をすべて譲り受けていない。自分はただの卵だ。師を失い、父親を失い、まったく違う世界で材料さえ乏しい中で先行きには闇しかなかった——あのとき。

メグミを引き上げたのは、『食べたい』という彼の言葉だった。

恋とか愛とかではなくて、まさに特別な人なのだ。


眠れないと思いながらも、うとうとしている間に朝になった。庭のほうから朝日が射してくる。メグミはゆっくり起き上がって朝の支度にかかった。

——母さん。まだ寝ているの？

どきりとして寝息を確かめてしまう。大丈夫そうなので着替えて顔を洗うと、表の戸を開けた。そこへサユリが起きてくる。

「ごめんなさい。遅くなってしまったわ」

「まだ寝ていてもいいのに」

店にいるメグミの後ろで着替えをして、サユリは顔を洗うために洗面へ向かう。

「母さん。今日は少し秋っぽいね」

振り返って笑う。

「そうね。ずいぶん暑さもなくな……って……」

サユリの身体がぐらりと傾いたと思ったら、柱に手を当てて身体を支えようとするが、できなかった。サユリは蹲(うずく)って膝を突き、左胸を押さえる。

「母さんっ」

走って近寄ろうとするのに、脚がもつれたので奇妙な体勢になった。メグミが腕を出して支える前に、サユリは胸を押さえた状態で床に倒れる。

「かあさん――……っ！」

朝の冴えた空気の中に、メグミの声が響く。

第二章
王城の仕事を招く「豆大福」

早朝のしじまを破ったメグミの叫びに、隣近所の住人たちは驚いて駆けつけた。店から部屋の中へすぐ入れたので、残暑だからと先に表の戸を開けていたのはよかった。テッシバの客でもある近所のおじさんやおばさんの中のひとりが、この区域にいる医者を連れてきてくれた。

パニックを起こしかけていたメグミは隣家の奥さんと一緒に、早い呼吸を繰り返すサユリをベッドに寝かせる。

「母さんっ、母さんっ」

「サユリさんっ。しっかりするんだよメグちゃん」

サユリが近所づきあいを大事にしてきたのもあるのだろう。集まってくる人たちは、誰もが心配して、何かの役に立てないかと考えてくれる。

やって来た医者はサユリを看てすぐに病状が分かったようだ。薬を出してもらってなんとか飲ませれば、発作のような痙攣は治まり、呼吸も落ち着いてサユリは眠り始めた。

集まってくれた近所の人たちは、サユリの様子が落ち着いたので三々五々、自分の店の開店準備に戻って行った。気の動転が収まらなくて、ろくにお礼も言えなかったのが情けない。

「何かあれば言ってちょうだいね」

「はい。ありがとうございました」

とくに親しくしていた隣の奥さんも帰った。医者も大丈夫だと判断したのか、ベッド横に持ってきた椅子から立ち上がる。

ようやくまともに声を出せるようになったメグミは、深々とお辞儀をした。

「ありがとうございます。先生。これでもう大丈夫でしょうか」

「心臓が弱っているね。発作を抑えるためには、継続的に薬を飲むしかないな。完治するとは思わず、これ以上悪くならようにすることだよ。つまりは、まぁ、無理をしないことだ。悩んで思いつめるのもよくない」

「無理をしないこと、思いつめないこと、ですね。分かりました。それではお薬をいただけますか」

医者は言いにくそうに『この薬は高価なのだよ。少しずつ渡そう』と、手持ちのカバンから小型の紙の袋を出し、さらにそこから紙の小包を五個渡される。

「一日一包で五日分だ。発作が起きたときも飲まなくてはいけないから、この先もっとたくさん必要になるだろうね」

そして告げられた金額に、メグミは唖然として口を開いた。

「十五万バラレル！　……一包が三万ですか」

〝バラレル〟は、ヴェルム王国の通貨単位だ。一万バラレルがちょうど一万円くらいだろうか。一か月の生活費が二十万バラレル程度だから、生活費すべてを出しても一か月分の薬を調達できない計算になる。

売り上げから仕入れその他の経費を引いた利益で、メグミとサユリが暮らしてゆくには十分だったが、薬を賄うには足りない。

——ぜんぜん足りないわ。

唖然としたが、だからといって薬を減らしてくれなどと言う気はない。メグミは体の横に垂らした両手をぎゅっと握りこむと、顎を引いて自分よりの背の高い医者を見上げる。

「薬代は用意します。五日後に取りに行きますので、よろしくお願いします」

すうっと再び頭を下げた。

——いまはまだ貯めたお金がある。でも、きっとすぐに底をついてしまう。

医者を見送ったあと、ベッド横の椅子に座って眠っているサユリの疲れた顔を眺める。

疲労を少しずつ留めていたのは感じていた。仕事の大変さというよりは、テツジが亡くなって以来、精神的に参っているのを無理やり引き立てていた反動ではないかと思う。

異世界へ来て環境が激変したことでも相当ストレスが溜まっていただろう。そのうえで、テツジの急死だ。

「ごめんね、母さん。落ち込んでいるときに無理に店に立たせたんだよね。父さんがいなくなったことを受け入れる時間が、もっと必要だったんだ。それなのに私に合わせて動いたから――」

メグミが父の跡を継いで和菓子を作ろうと動き出すのと、長年夫婦として寄り添ってきた伴侶を亡くした母親の喪失感を、同じように考えてはいけなかった。

前を向いていればいつかは乗り越えられるなどというのは、コランの言葉を受けて立ち上がれたメグミに当てはめることはできても、根本的な立ち位置が違うサユリには難しかったのだ。

心臓に負担がかかるほど無理をさせていた。サユリはいつもおっとりとして明るく笑いながらメグミを助けてくれていたから分からなかった。

――父さんと同じことになるところだった。

元の世界の医療なら、父親は心筋梗塞か脳梗塞といった診断になっただろうか。はっきりとした原因が不明なら、死亡診断書には心不全と書かれただろう。

母親は発作がまだ軽いほうだったから何とか持ち直しただけで、医者が言った通り、『完治するとは思わず、これ以上悪くならないように』しなければならない。つまり『無理を』させないこと。

「今度こそゆっくり休んでね。私、頑張るから」

今日くらいは店を休みにして母親についていたかったが、薬のことを考えるなら一日の売り上げをここで捨ててしまうわけにはいかない。

手を伸ばしたメグミは、サユリの額に乱れかかっていた前髪を払い、眠っているから聞こえないのは分かっていても言葉を添える。

「最近、頻繁に結婚を勧めていたのは、自分がいなくなっても夫や子供がいればひとりぼっちにならないって思ったからでしょ？　でもね、夫にしても子供にしてもそれぞれが大切な人になるのと同じで、母さんは母さんなんだよ」

新たな家族ができれば孤独からは守られるかもしれないが、亡くなった人の代わりには誰もなれない。結婚したからといって、母親がいなくなってもいいとはならないのだ。

「元の世界のことを話せるのは、もう母さんしかいないんだからね。ちゃんと休んで。お願い」

返事はない。これはメグミの決意表明のようなものだった。

彼女は店に出ると、作業場で今日の和菓子を作り始める。

五日過ぎて、次の薬をもらうためにメグミは通りの端にある医院へ出かけた。

サユリは起き上がっているが、店に出ても、メグミはサユリがいつも担当している蒸した菓子作りに手を出すことは許さない。

娘の頑固さを理解しているのか、それとも動くと心臓が早打ちをするので苦しいからなのか、サユリはメグミの言う通り一日の大半をベッドの上で過ごしている。

身体を休めるだけでなく、眠っているときも多くなっていた。

「じゃ、行ってくるから」

医院から帰ったら暖簾を出す予定だ。サユリはベッドの上で半身を起き上がらせてメグミに手を振っている。笑顔だが、元気になったとごまかされてはならない。

ひとり残しているのが心配でも、薬を取りに行くしかないのでメグミはテツシバを出た。通りを歩いて行けば、両側にずらりと並ぶ多くの店で、皆その日の用意をしている。朝はどの店も忙しい。

この道は表通りではないが、王都が誇る表通りの大きな店に負けない店舗が連なっている。国外から来る商人たちが、大通りばかりでなくこちらへも来るようになって、ますます繁栄の兆しが見えていた。

しかし、中心からさらに一歩外れると、犯罪者とお金に行き詰まった者が流れ着く下町がある。この国は、富める者と貧しい者の差が激しい。しかもその差は広がる傾向を見せていた。

治世者がヴェルム王国の先行きを思うなら、まず下支えをする手段を考えるべきだろう。

――だけど、やってはいるんだよね。水路とかの事業を国中で進めているみたいだし、補助金とか？　……新しい産業の種、見つかったのかな。

メグミも、薬代のためにもっと手を広げる必要があった。こうなると、以前提示されたジリン公爵の話は魅力的だ。

——公爵の頼みごと、というのを聞いてみようかな。

テッシバをしばらく閉めることになるかもしれないが、サユリの病気のためにそうするなら父親も納得してくれるだろう。

考えているうちに医院へ到着する。中へ入って医者に会い、追加の薬を頼んだ。

「先生。発作が起きたら、二倍の薬を飲ませるんですよね。十日分をお願いします。薬代は持ってきました」

「うーん。いまはそれでいいが、悪くなると薬も強力なものに変えることになるから。結局、症状を抑えているだけなんだよね。途切れさせるのはだめだよ。——それで、言いにくいことだけど、強い薬はそれだけ高価になる。心しておいて」

医者は、『強い薬は副作用もあるが、飲まないわけにはいかないよね』と付け加えた。

『生き延びるのを最優先にするなら』——と。

「分かりました」

外へ出て、来た道を戻ってゆく。途中にある店を眺めていると、テッシバに近づいたところで馬車屋が目に留まった。

ジリンの言葉が頭の中で浮き上がる。

『もしもその気になったら』

公爵の頼みを聞く気になったら。

『そのときにはお前を連れてくるよう伝えておく』

馬車屋の主に。

立ち止まって、通りを渡った斜め向かい側にある門口の広い馬車屋を眺めていたメグミは、急に動き出してそちらへ足を向ける。

『考えというものは状況によって変わることも』

——その通りですね。ジリン様。

馬車屋の前まで来たメグミは中へ向かって大きな声をあげる。

「こんにちは。店長さんはいらっしゃいませんか？」

すると奥からひとりの青年が出てきた。

「テツシバのメグミちゃんじゃないか。どうした？」

親しげに話しかけてきたのは、店舗を担う主にしては若い男性で、たまにテツシバへ和菓子を買いに来る客のひとりだった。均整の取れた身体つきや、きっちりついた筋肉は、馬車を取り扱うからだろうか。

背はそこまで高くないし、あまり目立つ顔立ちでもないので強い印象は残らないが、笑うと片頬えくぼができるところがそこはかとなく可愛い。

――コラン様と同い年くらいかな。年上なのに、可愛いなんてね。

メグミは彼に向かって真剣な面持ちで頼む。

「あの、ジリン様のところへ行きたいのです。この店の主に伝えろと言われていました」

「僕はエディ。そう呼んでくれ。ジリン様のところへ連れていくよ。その気になったんなら、今からでもね」

彼は、顔を逸らすようにして少し先にあるテッシバを見る。その動きで分かった。

――母さんが倒れたこと、知っているんだ。

この界隈では、噂はすぐに走るのでその場にいなくてもテッシバの事情は誰でも知っている。

エディは、メグミに視線を向ける。

「どうかな。いまから行く？」

まだ午前中だったが、今日は店を開けないことにする。もしもジリンのところで世話になるなら、どのみちテッシバはしばらく休まなくてはならない。

「店を片付けて閉めてきます。母さんのことも隣の奥さんに頼んでおかなくちゃいけないから、エディさん、少し待っていてください。ジリン様の話が何か知らないし、内容によってどうなるかはっきりしないけど、今日は戻ってこられますよね」

「いきなりメグミちゃんを閉じ込めるなんてこと、ジリン様はしないよ。今日は話だけになるだろうね」

「じゃ、すぐにまた来ます」

メグミは走ってテッシバへ戻った。

薬を手に入れる費用は、店で和菓子を売るだけでは賄えない。

ジリンの件は、話の内容次第で受けるかどうかなどという段階ではなく、もはやそこにしか活路がない状態だ。

メグミは隣家の奥さんに、ジリン様のところへ行くことになるかもしれないと話し、今日は戻ってくるまでサユリを預かってほしいと頼んだ。もちろん、その場にあったお金を渡す。

「いいよ、そんなの。お互い様だろう?　やめてちょうだい」

「私のための、気休めなんです。受け取ってください」

「しょうがないわねぇ。頑固なんだから。……テッジさんに似ているわね」

奥さんはテツジを思い出して、涙ながらにサユリのための薬と一緒に金を受け取った。メグミはサユリを隣家に連れてゆく。

「ひとりでも大丈夫よ」

「だから、私が安心していたいからだって！　お願いだから心配させないでよ。こちらでお世話になっていて。私を安心させると思って！　ね。夜には戻るから」

ことさら強く言って隣の家に移動させると、テツシバの戸をぎっちり閉めて鍵をかける。『今日は臨時休業』と紙に書いて貼った。

急激に物悲しくなって鼻をすんっと鳴らす。

――寂しいなんて思っている暇はない。行くのよ。話の内容次第で断るかどうかではなくて、交渉をする。条件闘争だわ。

メグミはずっと菓子を作ることだけに徹してきたから、交渉ごとはうまくない。けれどそうも言っていられないのだ。父親のテツジがいない以上、母親のサユリはメグミが面倒を見る。

テツシバに背を向けたメグミは、決然とした足取りで馬車屋へ戻り、店の前に立って彼女を待っていたエディに頭を下げた。

「よろしくお願いします」

「相変わらず、礼儀がしっかりしているな。では、行くか」

彼が店の裏から引いてきたのは、なんの印もない馬車だった。辻馬車仕様とでもいうのか。

それに乗れと言われて、メグミは御者台の隣に座ってはいけないかと尋ねる。エディは驚いた顔をした。

「どうして？　今は季節がいいから御者台は気持ちがいいのはたしかだけどね」

「場所とか道順を知っておきたいし、貴族の方々の居住地は行ったことがないから見たいわ。でも、エディさんが困るなら中に乗るけど」

中心を走る大通りの向こうは、地位が高い者や資産家たちの住まう場所だ。さまざまなイベントを行う集会場とか、かなり派手で大きな公共の建物もあるらしい。

「場所や道順ね。いいよ。僕の隣に座って」

メグミが横に座るとエディは馬を操り、誰も乗っていないキャビンが動き出す。

栄えている表側と暗く沈んでゆく下町の間に広がる緩衝区域は、メグミにとってとても暮らしやすい場所だ。そこから外へ出ることには恐れがある。

「あ、そうだ。ね、エディさん。この服でジリン様のところへ行ってもいいのかしら。ほかの服なんてないけど、すごく失礼になってしまうとかない？」

少し目を丸くしてから、エディは、ははは……と笑う。

「気にすることはないよ。お屋敷はすごく豪勢で気後れするけど、メグミちゃんは裏口から入ることになるから。そちらから、庭師とか通いの女中とかが出入りするんだよ。業者が食材などを届けるために入るのもそこだ」

「そうか。でも、公爵様に直接会って話すことになるけど、いいのかな」

メグミはいつものギャザースカートと可愛い形のブラウスを着ている。上から下までいつも通りだった。

「清潔であれば十分さ。ほら、町の中心部へ入るよ」

御者台は高座になるので周りが見やすい。緩衝区域よりもよほど華やかな大通りは何度も来たことがあった。なんといってもこちらには材料の仕入れ先がある。

そこを横断して貴族の屋敷が建ち並ぶ居住区へ入ると、通りを行きかう人はぐっと少なくなり、見たこともないような大きな屋敷ばかりが並んでいた。

「メグミちゃんは、ジリン様のことを何か知っている?」

「公爵様だってことくらいかしら。ほかは、えーっと、奥様に甘い物の食べすぎを注意されているとか、だけどジリン様は隠れて食べてしまうとか」

あっはっは……とエディはまた笑った。

「その通りだけど、ジリン様はそれだけじゃない。あの方は黒獣王の左の手なんだ。つまりは、宰相のひとりということだよ。ちなみに右の手はグレイ公爵という方だ」

「えぇっ。公爵様という身分の高さだけじゃなくて、黒獣王の宰相！」

——宰相というのは地位で、〝左の手〟や〝右の手〟というのは役職名だよね。ふたりなのか……。多様な意見が必要だってことかな。だけど、揉めそうな気もする。

「政治的にもそんなに地位が高いなんて。そんなふうには見えなかったわ。……それにしても、エディさんはよく知っているわね」

「そうかな。巷の噂をつなぎ合わせただけさ」

彼は、今度はくすくすと笑う。

メグミは隣に座って馬の手綱を操るエディの横顔をじっと眺める。整った顔をして、薄いブロンドを靡かせる貌は相当整ったものだ。印象が薄く記憶に残りにくいのが不思議なくらいだった。

ある考えがふっと脳裏を過る。

——あの馬車屋からは、テツシバがよく見えるわね。だんごを焼いているところも出たり入ったりする人も……。あれ？

だからどう、ということはないが奇妙に引っかかった。

「さ、ここが表門だよ。裏門はこの壁にそってぐるっと回った反対側だ」

注意を促されてぱっと顔を向けると、道から少々奥まったところに立派な石造りの門と、両側に立つ門番らしき兵装をした者がふたりいた。顔見知りなのか、門番がエディに『よぉ』と声をかければ、エディは『お疲れさん……っす』と軽い調子で挨拶を返した。

永遠に続いていると思われた塀が途切れると、馬車が横付けできる場所があり、メグミはそこで降ろされる。

「あの門を叩いて、テツシバの者だと伝えるんだ。連絡をしておいたからね。メグミちゃんがサユリさんを隣家へ連れて行っている間に、使いを出したんだよ。門の内側で案内が待っているはずだから」

メグミは、本当に不思議な面持ちで御者台に座るエディを見上げた。

――手際がいいんだ。そりゃ、いきなり訪問しては失礼になるものね。貴族の家の人が他家を訪ねるときは、先ぶれを出すみたいだから間違ってはいないんでしょうけど。

エディは笑ってその場から去ってゆく。メグミは訝しく思いつつも裏門へ向かう。いまはほかのことを考えるだけの余裕はない。

裏門を開けてくれたのは、こちらを担当する衛兵だろう。表側にいた門番と同じ服を着ていた。

メグミを案内してゆくのは、たぶん侍従だ。少年のようだった。

裏門から入り、屋敷の中心へ向かう。中心だと分かるのは、廊下の曲がり角を何度か曲がって行くと、壁紙や明かりのための燭台や、掛かっている絵画など、どんどん豪華になってゆくからだ。

廊下の両側にある部屋の扉も増えてゆく。

——どきどきする。どうしよう……。うまく話せるかしら。

緊張が増してくる。足まで震えてきた——が、この緊張感は、新しい和菓子を仕上げるときと似ていた。それに気がついた途端、集中力が増して落ち着いてくる。

——なんのためにここへ来たのかを忘れなければ大丈夫、のはず。

薬のためだ。そのために報酬の高い仕事が必要だから。つまるところ、母サユリのために。

そうして、凝った造りの両開きの扉まで来て侍従がノックをすると、その扉がすぅっと開かれた。

部屋の中で待っていたのは当然、ジリンだ。

軽い挨拶のあと、ソファを勧められ向き合って座る。メグミは三人掛けの長椅子に、ジリンはローテーブルを挟んだ向かい側のひとり用肘掛椅子に腰をかける。

彼はいつもと変わらず、にこやかに笑っている。しかし同時に、貴族の、しかもかなり高位の者らしい威圧的な雰囲気も漂わせていた。身分の違いとはこうしたものかと、メグミは実感する。

ジリンはすぐに用件に入った。

「わしの頼みごとを聞く決心がついたんだね。理由は……サユリさんの薬のためかな」

お見通しのようだ。エディから聞いたのかもしれない。エディはあの町を監視する仕事をしているのではないかと訝しんでしまう。

けれどいまのメグミには、そんなことはどうでもいい。メグミにしてみれば、説明する手間が省けるから話が早くなって助かる。

「そうです。報酬を求めて来ました。ですが、私にできるのは和菓子を作ることです。それ以外は無理です」

「いやはや、見事なほど明快だ。その表情やまなざしは菓子を作るときのメグミだね。それでいいよ。私はお前を戦場に送るつもりだからね」

「戦場？」

「王城という戦場だ。さて、私の頼みを話そう。貴族に和菓子を振舞うということだったが、本当のところは、お前の菓子を黒獣王に出してほしいのだよ。これは極秘なのだが、黒獣王はお菓子が大好きなのだ」

驚きですぐには声が出ない。このヴェルム王国の国王陛下に和菓子を出せと言われたのかと、後から頭がついてくる。

――黒獣王？　残酷で冷酷で……というふたつ名に付随した噂があるけど、水路を作ったり、道を整備したり、補助金とか……の民を思っている国王のことだよね。

「もちろん王城の料理長が、日々の食事からデザートまで、料理人たちを指示して最上級のものを用意している。ただ、陛下が言われるには、『極上のケーキやクッキーを食べていても、たまには違ったものが欲しくなる』のだそうだ」

「違ったもの……珍しいものとか、変わったものでもいいのですね」

「うまければよい。今度王城で新しく菓子職人を補充することになった。もう分かっただろう？　メグミの作る和菓子は、ほかでは見ないものだから、私はお前を推薦して採用のための審査を受けさせたい。受かれば、王城に入ることになる」

「審査があるのですか。……受かるかどうかわかりませんが、王城に入るということは、そちらで生活するのですね。あの、テッシバを休業するのは覚悟して来ましたが、母を放置することはできません」

しっかり顔を上げてジリンを見る。真正面から睨むようにして視線を当ててしまったが、サユリをひとりにしてメグミがずっと王城で暮らすわけにはいかない。ここは譲れない一線だ。

公爵は目を眇めて小さく笑った。メグミはこくりと喉を鳴らして息を呑む。

たしかにジリンは最高権力者に次ぐ地位を持つ者だと肌で感じた。

彼女を上から下まで眺める目線には、柔和で穏やかな公爵というだけではない、値踏みする冷徹さが見え隠れしている。

ジリンは、さもあらん、とばかりに頷きながら話した。

「母親はこの屋敷に引き取って面倒を見よう。世話人をつけて、この国一番の医師に診せ、高額の薬も取り寄せて飲ませる。どうだ。これなら問題ないだろう?」

「どうしてそんなによくしてくださるのですか? 王城で仕えることによる報酬よりも過分になると思いますが」

サユリが静養できる居場所の提供に加えて、最高の医師に薬なら、ジリンの頼みを引き受けられる――どころか、王城の菓子職人としての報酬を丸々渡しても不足するような待遇だ。

するとジリンはメグミの理解が間違っていると指摘してきた。

「報酬はお前が取るべきものだろうが。私はそれを受け取るつもりはないから、預金として残しておきなさい。この家にサユリさんを引き取るのは、どうしてもこの話を引き受けてほしいからだよ」

「なぜですか？」

さすがにちょっと考えてしまった。ジリンのことを疑いたくないが、おいしい話には裏があると言うではないか。

メグミの顔に不審感が表われた。ジリンは苦笑して説明を加える。

「この国の最高権力者は国王だ。世襲で後継者を選ぶから、クーデターでも起きない限り変わらない。その次が左右の手と呼ばれる宰相役の公爵で、こちらは交換可能だ。今現在、私は左の手で、右がグレイ公爵というやつでな、はっきり言って権力闘争の相手だ」

「……はぁ」

「何年か前に王城の料理長を決める選考があった。私が推挙した者は、グレイが推した者に負けたのだ。どれほど悔しかったか。そして今回、追加の菓子職人を選ぶことになった。負けられん。メグミの作る菓子はうまい。珍しいし。絶対に勝つ」

「……」

力強く言われてしまったが、メグミは誰かと菓子の勝負などしたことはない。答えようがなくて黙った。

まるで子供の喧嘩のようにも思えたが、もしかしたら家の存亡までかかっているのかもしれない。それなら内容を細かく把握しておく必要がある。

彼女はひと呼吸置いて、自分の不安を口に載せた。

「選考に残れるかどうか分かりません。大丈夫かな。いつなのですか？」

「週に一度菓子を出して選考会をする。三週続けて候補をひとりに絞り、最後は陛下が決定する。材料などはすべて用意させよう。王城で着る服や、礼儀作法なども教師をつけて教える。まずは勝ち上がらなくてはならんが、最後は大丈夫だ」

にんまりと笑ったジリンは、最終になる国王の裁定に関しては、なにか秘策でもあるのだろうか。

メグミはひたすらサユリのために考える。この話は悪くない。庭の小豆はもうすぐ収穫だから、三週間もあれば乾燥までいけるだろう。

どれほど探してもこの国に小豆はなかったし、あんこも見当たらなかった。珍しいお菓子というなら、これほど条件にぴったりのものはない。もちろん、おいしくなければ話にならないが、それは変わった菓子が食べたいという国王次第になる。

――やってみたい。……母さんにとっても悪くない話よね。

流通している従来型の薬だけでなく、もっと広い範囲で捜して、しかも価格に糸目をつけないなら、サユリに効くものが見つかるかもしれない。

世話をしてもらうのも気を使うから、サユリは断ると言いそうだ。けれど、そこを押してでも休ませたい。

隣家の奥さんに頼んでも、サユリは気を使うだろう。

メグミが王城で働くことになるのは公爵の頼みだから、頼みを受ける代わりにサユリはこの屋敷で療養させてもらうことになる。だから、気兼ねをする必要はないと説得できないだろうか。交換条件になるなら少しは気楽にここで休めるように思う。

「どうだね、メグミ。時間もなくなってきている。返事が聞きたいのだが」

顔を上げる。そしてきっぱりと答えた。

「やります。ただ、結果が出るまではテツシバを休むわけですし、試験に落ちても、薬代くらいはいただけないでしょうか」

「もちろん渡す。サユリさんの鬼まんじゅうをこの間食い損ねた。メグミが王城の菓子職人になれなくても、テツシバは続けてほしいからね」

ここで出るのが鬼まんじゅうだとは。笑ってしまった。


ジリンとの話を終えたメグミは、すぐさまジリン家の馬車でテツシバへ帰った。隣家の奥さんには何度も礼を言ってサユリと一緒に家に戻る。昼になっていたので、ダイニングで軽い食事をとりながら、ジリンの頼みごとという形で話をした。

公爵との話し合いで、あの屋敷にはすぐにも行かなくてはならない。一週間後には、最初の和菓子を出す予定になっているからだ。

サユリを説得するのは、予想通り大変だった。

「メグミだけ行きなさい。私はテツシバに残りますから。高い薬のためでもあるのでしょう？　薬はいらないから。大丈夫よ」

「まだふらふらしているのに何を言ってるの。薬は必要だし、母さんだけを残して行くなんて、できないし」

サユリは、この話の元が高い薬代にあるとすぐに気づいてしまった。

「ジリン様に頼まれて王城へ行くんだから、母さんが屋敷で世話を受けてもいいのよ。……それに、選考では最終的に黒獣王が試食するんですって。国王に和菓子を食べてもらえるのよ」

サユリは、ハッとしてメグミを見つめる。

「……メグミはやりたいのね。私の薬や屋敷での看護の話につられただけじゃなくて、メグミがやってみたいからこの話に乗りたい。そうね？」

メグミはそこでやっと気がついた。サユリにはジリンに頼まれたとだけ言っていて、そこにメグミの意志はなにも反映させていない。

人の世話になりたくないという気持ちもたしかにあっただろうが、サユリは自分のために娘が犠牲になるのではないかと恐れてもいた。

――私ってバカだ。

メグミ自身がおぼろげにしか自覚していなかったことを、母親は的確に掴んだ。ここは正直に伝えよう。

「うん。やりたい。あんこが通用するかどうか、この国の最高権力者の舌で試したい」

「最初からそう言いなさいな。それなら、心配をかけてメグミの負担を増やさないようにするためにも、私はジリン様の屋敷でお世話になります」

「母さん……。ありがと」

涙ぐんでしまった。常に子供のことを考える。親は親なのだ。

サユリの提案で、近隣の住民には母親の療養目的でしばらく休業すると伝えた。世話になったお礼代わりにまんじゅうも手渡す。小豆がまだなので、あんは白だ。

大通りの仕入れ先にも挨拶が必要だとサユリに言われたが、もう少し先にしようと話す。どのみち原材料はそちらからの仕入れになるので、たまにテッシバへ戻ってくることもあると思われた。ちょっと嬉しい。

――風も通さなくちゃいけないものね。

サユリをベッドに寝かせて移動の準備を始める。道具類は忘れないようにと最初にまとめて布で包んだ。手持ちが増えてしまうのは、すぐに手に入らない道具ばかりだからだ。

自分たちの服などは少量なのでたいした荷物にはならない。

問題は、庭の小豆だった。メグミが庭に出て確かめれば、茶色になっている鞘と、まだ緑のものが半々だ。茶色になってから一つひとつ収穫したいから、この件でもあとからまた足を運ぶ必要がある。

ひとつの種から株ができて、そこから雑草のように枝が分かれる。

――たくさんできている。よかった。

乾燥させるときにも虫がつくので、十分気をつけねばならない。乾燥のために、ここで広げておくよりも、屋敷のほうで常に注意を向けたほうが確実だろう。まず、できている分は持っていくことにする。

——最初のひと袋。

五キロほど入る麻の袋を作っておいたので、そこに詰めた。ざざざとベッドの上で広げて感触を楽しんでから、サユリと一緒に笑い合ってまた回収した。

「哲二さんにいい土産話ができたわ」

「母さんっ。不吉でしょ。健康が戻ってから言ってよ」

つい、強めに言ってしまった。サユリは、ふふふ……と笑ったが、ひどく儚い感じだったのでメグミは不安が込み上げて仕方がない。

ひと通り用意ができたところでエディが迎えに来た。屋敷まで馬車で運んでくれることになっている。

「荷物も一緒に乗せるしかないよね。サユリさんはキャビンの中で座って、メグミちゃんは朝と同じで僕の隣かな」

「お願いします」

サユリには荷物を持たせない。ただ、棚にある位牌だけは、サユリが布に包んで腕に抱いて馬車に乗った。メグミは胸が締め付けられるようにしてそれを目の端で捉えていた。

——父さんの店だものね。ここを出るのは母さんにとって身を切られるような思いなんだろうな。

それでもメグミのために説得に応じてくれた。

——いつか戻るからね、父さん。

最後に店の鍵を閉め、今度は『しばらく休業します』という張り紙を出した。

馬車は動きだし、サユリとメグミはジリン公爵の屋敷へ移った。

屋敷の中で割り当てられたのは、ふた部屋続きの客間だ。陽が当たり過ぎない奥側がサユリの寝室となり、南向きの大きな窓のあるほうがメグミの寝室兼書斎ということになった。

「広いわねー。豪華ねー。埋まってしまいそうなベッドねー……」

驚きで口を開けてしまうサユリの横で、メグミは早速道具類を確かめると、侍従に厨房へ連れて行ってもらう。竈や水の蛇口もある。ただし水は必ず沸かしてから使わねばならない。浄水機能はまだないだろうから、テツシバと同じで、井戸の水のほうが綺麗だと思う。

「広い……」

厨房を見せてくれた屋敷の料理長は、王城はこちらの三倍はあると言った。

夜になって、サユリと一緒にジリン公爵に挨拶をすると、公爵はいつもの柔和な笑顔で応えてくれる。

「サユリさんはここでゆっくり療養してくれ。そうでないと、きっとメグミはテッシバへ戻ってしまうだろうから」

王城で〝権力争いを繰り広げる王の左の手を担う重鎮〟という面は、サユリには微塵も見せなかったので、メグミはかなりホッとした。

サユリに課せられたのは、ベッドで横になる時間を増やして、医師の診療を受け、薬の服用をすることだ。

メグミは、一週間後に王城で行う一回目の選考を通過するために、毎日試行錯誤を繰り返した。

候補は六人いて、一回につき一種類の菓子を王城の厨房で作る。審査をするのは大臣の中の有志四人と料理長の合わせて五人だそうだ。

六人の候補者には、国王の口に入れる物を作ることから、必ず後見人がつく。保証人のようなものだろう。メグミの後見はジリン公爵だ。後ろ盾として申し分ない。

後見人は選考に加われないので、ジリン公爵も、同じように候補を出しているグレイ公爵も審査員にはなれない。

一回目で三人に絞られる。二回目でひとり落とされてふたりになり、三回目に国王に推挙するひとりが決まる。

最後は国王が決定することになる。国王は自分がその菓子を好きか嫌いかで決めるわけだ。

それからというもの、メグミは毎日和菓子の試作をしながら、王城で着る服のあつらえ、白い帽子、新しい白い上着などを試着する。さらには礼儀作法の習得だ。

「母さんっ、聞いてよ」

サユリが隣の部屋なのはありがたい。メグミは、服のあつらえで気になったところや、いつも注意されている作法の多さに閉口して文句が出そうになるとサユリに愚痴ってしまう。のんびりした様子で受け止めてくれる母親には頭が上がらない。

一週間は瞬く間に過ぎて、選考の一回目を迎える。

王城の厨房で一回目の和菓子作りが始まった。

たしかに広かったが、使用を許されるのはわずかな部分だから、動く範囲はさほどもない。広い場所に慣れている者には制約が大きいと感じるだろうが、メグミはテッシバの作業場くらいのほうがやりやすい。

最初の和菓子は、テッシバが誇る〝だんご〟だ。

とにかく、和菓子ならなにを作ってもヴェルム王国では珍しい菓子になるはずだから、その点でメグミはかなり有利だった。

——これってズル？　……要求されるのは珍しいというだけじゃないから、油断は禁物ってことよ。

だんごはみたらしのタレ、醤油をぬったもの、上に白あんと芋あん、そして食紅で色付けた薄いピンクの三本組にした。ひとり当たり四個五本は多いので一本に二個のだんごを刺している。

本当なら、あんこを載せるのが一番だと考えたが、小豆はやはり最終審査に出したい。

大臣と料理長が選考する三回目、そして四回目になる国王に出す最後の和菓子に使う。そこで決定するのだから、そこまでゆけば出し惜しみはできない。

一回目も二回目も、選考中の様子を本人が見ることはない。三回目だけは、ふたりの候補が並んで座り、審査する部屋で同席することになっていた。そのとき審査員からの質問も受けなくてはならない。

メグミは、一回目の菓子を出したあとはジリンが待つ公爵の居室へ行った。公爵と一緒に、ジリン家の馬車で屋敷に戻る。結果は三日後と聞いた。受かればまた一週間後に次の菓子を作りに王城へ行く。

ジリンは選考する大臣と知り合いでもあるから、ある程度の感想を聞いているはずだ。何を言われるか怖かったが、メグミは帰りの馬車の中で、どうしても聞きたくなった。

「どうでしたでしょうか」

「よかった。わしも食べたかったぞ。ただ少し形が地味だな。それでも珍しさで十分いけるだろう。元々、珍しい菓子が食べたいとの仰せから始まっている」

珍しさでいけると言われるのは少々不本意だが、次へ進めるならそれに越したことはない。

そして、ジリンの見立て通りに、三日後には二回目の案内が来た。

「母さん、受かったよ。よかった。最初で躓（つまず）いていては、父さんに怒られそうだもんね」

「大丈夫よ。これまでだって町の人たちにおいしいって言われているでしょ。貴族の方々の舌がそれほど特別だとは思えないわー」

「そうかな。舌は肥えていると思うけど。ほら、いつもすごくいい物を食べているみたいだもの」

ふたりは部屋に運ばれてくる食事をとっているから、ジリン公爵夫妻と同じメニューではないだろう。それでも、夕食に出される絶品タンシチューから考えると、貴族の食事は特別だと予想できる。

あのランクの料理を子供のころから毎日食べているなら、相当舌も肥えるだろう。

「大丈夫よ、メグミ。和菓子の歴史を考えてみなさい。一般の庶民から一番上の人まで食べてきたんだから、長い間に洗練されてきたのは間違いないわよー」

それは西洋菓子も同じだと思いつつも、サユリに言われると少し心が落ち着く。

まずは平常心が必要とされた。


そして二回目。メグミは練りきりの生菓子をひとりにつき三個作った。

——今度は、芸術性を出そう。

色を入れて花をかたどる。やり方はさまざまにあるが、花びらを作るのに耳かきのような物を使えば、後ろから覗いたほかの候補者が呆れた声を上げた。

「おいおい、なにをやってんだよ」

「……」

何を言われても気にならない――どころか、繊細な作業をしているときは、誰の声も耳に入らない。一心不乱だ。

メグミは、厨房を視察に来た者の中に、王城の料理長がいたのを知らなかった。

もっとも、誰が料理長なのかも知らされていないのだから、姿を見ても分からなかったに違いない。

選考に落ちれば元の職場に戻るであろう候補者たちには、王城の案内もされないし、調理場や厨房の担当者も紹介されない。おそらくそれば、国王の安全のためだ。

寒天で作った透き通る板状の甘味をふたつ折りにして、間に花の形の練り物を置くと、非常に優美な生菓子になった。葉の形の上に雫を載せたものも作る。最後は、季節を考えて、葛を使ったまんじゅうにした。

ここでもあんこは使わない。これぱかりは最初に決めたことだ。

二回目で、三人がふたりに絞られる。メグミはここでも残った。

結果が来た日の夜、二回目の勝利を祝って晩餐にしようとジリンが誘ってくれた。新しい薬のお蔭なのかサユリの調子もよかったので、ジリン家の人たちと同じテーブルに着くことになった。

正装する必要があると世話をしてくれる女中から説明を受け、サユリもメグミも、ジリンが上質の軽いドレスを用意してくれたのでそれを着る。

まずはメグミから着付けられる。

「綺麗よ、メグミ。髪は私がするわね」

「いいよ、母さん。自分で後ろにまとめるから」

「ダメよ。きちんとしましょう。あなたの黒髪は、後ろは背中に流したら絶対に皆さんの目を惹くと思うわよ」

そうかなと思いながらも、実はメグミの頭の中は三回目の菓子のことでいっぱいだった。

——明日は、テツシバへ行って小豆の様子を見てこよう。できている分は、採ってこないと虫に食われて中身がカラカラになってしまう。

リボンとレース、膨らんだスカートにかなり開いている胸元など、美しいドレス姿が鏡に映っているが、メグミは、次はやはり小豆を使ってみようとそれしか考えていない。

「メグミ！　どうなのよ。侍女さんたちが『いかがですか』と聞いているでしょう？　『できあがりました』だそうよ」

ジリンが着付けのために派遣してくれた侍女が三人もいる。服ひとつに信じられない話だが、貴婦人のドレスは脱着がひとりでできるようなものではなかった。

強い口調のサユリの様子に驚いて、急いでその場の状況を眺め、メグミは鏡に映った自分の姿に唖然とした。

青系のドレスだった。白いレースがとても映えているが、アクセントの赤いリボンに仰天する。

「か、母さん……これなに。これで動けるものなの？」

「着物と同じようなものと思えばいいでしょ。茶道をやっていてよかったわね。お茶会のつもりで動くといいかもしれないわ」

「あれ？　母さんは着替えないの？」

サユリは、ジリンが屋敷用にとそろえたゆったりとしたネグリジェのような軽いドレスのままだ。疲れたらそのまま寝られるようにという、いわば病人のための服だった。

色合いがクリームなので目にも優しいし、胸や袖のところに飾りがあるので、着ていても美しいという優れものだ。しかし晩餐に着用するものではないだろう。

「私は欠席しますとお伝えしたのよー。長時間座っておしゃべりしながら食事だなんて、やっぱり無理だから」

「えぇ～。じゃ、私も……」

「出るってお返事したわよね。ここで出ないのはドタキャンになるんじゃないの？　失礼でしょ。メグミは出席してちょうだい。ジリン様に申し訳ないじゃないの」

うう……と詰まる。こういうときの母親のもの言いに勝てた例がない。

「行ってらっしゃい。綺麗よ。ほんと、目の保養だわね。父さんにも見せたかったわー」

テツジのことを口にする度に、サユリがそちらへ近づいているようで不安になる。

「分かりましたよ。……じゃ、行ってきます。侍女さんたち、ありがとうございました」

頭を下げれば、若い人もいてくすくすと笑われてしまった。

晩餐の席についたのは、ジリン公爵と公爵夫人、メグミ、そしてジリンのひとり娘であるローズベル・アム・ジリンだった。

ブロンド巻き毛の美しい人だが、少々幼い感じがする。綺麗で整った顔をしていて、高慢そうに上を向いた鼻が特徴の、絵に描いたような貴族令嬢だった。公爵よりも夫人に似ている。

二十歳といえばそろそろ結婚適齢期を過ぎてしまうから、未婚でも婚約者はいるかもしれない。なぜ未婚だと思うかといえば、ひとり娘なら婿を取ってジリン家を継ぐはずが、この席に夫が同席していないからだ。

性格は、甘やかされたお嬢様といった感じで、最初から気が強くわがままな態度と口調だった。メグミは、晩餐の間の前室でローズベルに紹介されたとき、たいそうな態度を取られている。

「二十一歳？　私は二十歳よ。……ただの菓子職人がジリン家の晩餐の席につくなんて、少しは身のほどをわきまえなさいよ」

恐ろしく攻撃的だった。言っていることはさほど間違っていないと思う。がちがちの身分社会では、庶民が貴族の家の晩餐に出るなどあり得ない。相当なコネや実力、それに、さげすまれる視線を受けても平気でいられる胆力が不可欠だった。

しかも、職人という職業は、人によって下層階級と考える貴族もいれば、特別な技能を持った者として、尊敬を集めることもある。芸術家がもてはやされるのと同じようにして、建築家や家具職人などが優遇を受ける場合もあった。

しかし、菓子職人だけでなく料理人全般は下に見られがちだ。ローズベルのような態度を取られることも珍しくはない。

「やめなさい、ローズ。メグミはみたらしだんごの名手だぞ」

ジリン公爵の言葉はフォローになっていない。

「同じ席につくのだから、思っていても言葉にするのは控えなさいね」

公爵夫人もよく分からない注意をした。メグミは接客もするので、これくらいの状況にめげることはない。

「すみません、ローズベル様。これも勉強のうちなのです。よりよい和菓子のために、こういう席ではどういった菓子が映えるのか、公爵様は教えてくださるおつもりなのでしょう。助かります」

本心も交えて言えば、ローズベルはむんっと唇を尖らせてその場は終了した。

テーブルで食事をする間は、きっちり無視してくれる。こういうはっきりした態度は心地よいくらいだ。

それでも、ローズベルは一度だけメグミへ顔を向けた。

「ねぇ、メグミ。ここでみたらしは作らないの?」

「ローズベル様は、みたらしだんごを食べたことがあるのですか？」

下賤な食べ物と言われそうな雰囲気がありありと出ていたというのに、食べたいと思ってもらえるのだろうか。むしろ、味を知っている様子がある。

「あるからどうだっていうのよ。お父様がいけないのよ。いつもいつもお土産とか言って持っていらっしゃるから」

いきなり攻撃の先が公爵へ向いてしまって申し訳ないことになった。

しかし、食べたことがある人からここで作らないかと訊かれたら、誰でもほしいからだと思うだろう。当然メグミは頷いた。

「食べたいと言ってくだされればいつでも作ります」

「誰もそんなこと言っていませんっ」

きっとにらまれてしまった。

溜息を吐いたのは夫人だ。自分の娘といえども、御しがたい面がありそうだ。

反発されたが、食べたいという気持ちが出ていたのでメグミは嬉しい。選考が終われば、こちらで一度は作ろうと考えて胸に留めた。

そして三回目。候補ふたりがひとりになる決勝戦のようなものだ。

メグミはここで初めて小豆からあんこを炊き、粒あんを用意するつもりでいる。もち米も仕入れてもらった。

最終戦は、審査に当たる五人が机を前にして横並びに座り、試食をする。その正面で、横に並べて置かれたふたつの椅子に候補がそれぞれ腰を掛け、審査員からの質問に答えて、結果を受け取ることになっている。

緊張感が半端ないだろうが、評価を自分の目で見られると思うと、メグミは楽しみなくらいだった。

この国の人たちはあんこをどう味わうのだろうか。おいしいと思ってもらえるだろうか。まったく口に合わないなら、栽培してまで小豆を手に入れる必要はないのではないか。

いずれ町の人たちにも食してもらう。その前に、評価という形で食べてもらえるなら、改良点などが分かるかもしれない。

だから、メグミは三回目の和菓子を、おはぎにした。


その日は、二回目までよりもずっと早く王城へ入った。馬車には、公爵の家の紋章が入っているので、ジリンと一緒なら王城の門も易々通り抜けられる。

しかし、ジリンは選考が始まる少し前に王城へ来る予定になっていた。それくらい早い時間だ。乗っているのがメグミひとりなので、検閲もされる。

検閲の衛兵は、彼女が両手で持っていた麻の袋を手に取って、陽に透かそうと高く掲げて覗き込む。

「これはなんだ。見たことのない豆だな。赤いぞ」

「小豆色です。アズキと言います。今日の和菓子に使用するんですよ」

「ふーん。あんたは変わった菓子を作ることで有名だからな。材料がちょっと変わっていても変じゃないか。お菓子の材料なら持っていてもいいから止めるなというお達しもでている。通ってよし」

――有名？　いつの間に。

「いつか俺たちにも食わせてくれよ」

「はい。どうぞよろしく。あ、テツシバです！　いまは店を閉めていますけど、店の名はテツシバですからっ」

通り過ぎてゆく間の会話だから大きな声になってしまった。数人いた門兵たちは大いに笑った。

厨房へ入ると、すぐに取りかかる。

水の量にも気をつけて、アクを抜きながら小豆を茹でてゆく。途中で何度も水を一気に加え沸騰させて煮る。最初の煮汁は捨ててしまう。差し水をしながら再び煮て、煮汁の濃さを見てざるに上げる。このときの煮汁は取っておく。

鍋にざるの小豆を入れて砂糖を加え、火にかけて、取っておいた煮汁の下に沈殿した生あん、つまりは呉も加えてゆく。へらで馴染ませるのを忘れてはならない。

――いい香り……。緊張するわね。

ドキドキと心臓が踊っている。久しぶりだからうまくいくかどうか、不安だ。

――だけど、そんなこと言ってはいられないんだ。

ジリンの申し出を引き受けた目的は多々あれど、サユリの薬代がなければ公爵の誘いには乗らなかった。薬がもっとも得たいものなのだから、失敗はできない。

再度、豆と煮汁とを分け、焦がさないよう煮汁を煮詰める。最後は避けていた小豆と混ぜ、木べらで混ぜる。粒を壊さないよう細心の注意が必要だ。

「ふぅ……。もっと簡単なやり方でもいいのだけど」

メグミは簡単な方法が分かっていても、それに手を伸ばすことができない。簡単に手早くできるのは利点だろうが、あんこの舌触りが違ってしまうからだ。

ただ、作り方に正解があるわけではない。自分がもっとも好きだと思える味になれば、それがその人の作り方となる。

メグミは夢中になると、人が近くに来ても気づかない。

できあがってから、誰かに見られているのに気がついて振り返れば、ときおり覗きに来ていた背の高い男性がいまも立っている。

よく見れば、料理人の恰好をしていた。

「あの……」

「気にするな。見ていただけだから」

「はぁ」

たしかに気にしている暇はない。次はもち米だ――とメグミは作業にかかった。

ようやく小さめのおはぎができあがるころには、背の高い見学者はいなくなっていた。

小さめにしたのは、食べきれない場合を考えてのことだ。どういうときでも残されるのを見るのはいやだった。


時間になると係りの者が来て、盆の上におはぎが載った皿を並べ、それをワゴンで運んでゆく。ついてくるよう言われてメグミも一緒に行った。

到着した部屋には、白いクロスが掛かった長いテーブルがあり、その向こうに五人の男性が座っていた。その中に、メグミの後ろから作業を見ていた背の高い人もいる。

審査員にしか見えない五人に頭を下げたメグミは、待機していた係りの者に、長いテーブルの正面に用意された椅子に座るよう言われて着席する。これで、審査員とは対面になる。もうひとりの候補者はまだ来ていないのか、隣は空席だ。

係りの者によって、おはぎが二個載った皿が審査員たちそれぞれの前に置かれた。

「黒いぞ」

「何かの粒が入ったあんで包んでいるのでしょうか」

ざわざわと隣同士で話している。年配の人ばかりの中で背の高い男はかなり若いほうだったが、ひと言も発しない。

扉が開いてもうひとりの候補者が入ってきた。若い男性で、いかにもなパティシエ姿だった。作ったお菓子はどうやらケーキのようだ。ピンクと白のグラデーションのクリームが、三角のケーキ生地を布で包んだように形造られていた。美しい。

『おぉ』とその場がざわつく。見た目の派手さはこういった選考の場合、非常に有利になるだろう。

あとから来た候補者はメグミの横に並んだ椅子に腰を掛けた。彼女は頭を少し下げて挨拶をしたが、相手はバカにしたような視線でメグミを眺めたあと、前を向いて座っ彼はおはぎを見てかすかに笑う。たしかに派手なケーキと並ぶと、地味さが際立つ。けれどメグミに言わせれば、これも和菓子の妙であり、粋な部分なのだ。

「ではいただきましょうか」

五人のうち四人は、まずケーキのほうへ手を伸ばした。先ほど厨房を覗いていた高身長の男性だけがメグミのおはぎにフォークを入れる。箸はないので、フォークだ。

餅系は一日過ぎると多少硬くなるが、これは出来立てだから、フォークはすっと通った。彼はひと口食べて動きを止め、半分に割られたおはぎをじっと眺める。

審査員の中の年かさの者がケーキの感想を声に出す。

「うまいな。ケーキはいい。私はこういう綺麗なものが好きで……おっと、ジリン公にお話しせねばなりませんから、こちらも……」

そう言っておはぎにフォークを入れた年かさの人は、ひと口食べてやはり動きを止めてしまった。ほかの方々もそうだ。

感想の言葉を待っていてもなにもなく、彼らは一様におはぎを見ている。

――だめだった？　あんこはこの世界では通用しないの？　少しはおいしいと感じてもらえたらいいんだけど。だめ？

ひとりがおはぎから目を放さずに言う。

「これは——あ、食べたことのないものですよ。いやなんというか、彼女が作ったものはいままでもそうでしたが、これは菓子なのか？」

「甘いですからね。菓子でしょう。この粒粒としたものは豆でしょうか」

隣同士で話していると、最初におはぎを口にした高身長の男が言う。

「これは豆です。もっと別なものかと思ったが。甘いのは砂糖のせいですね。斬新だな」

元の世界でも、欧州における豆は塩で味をつけた準主食だった。スープにも入れるし、もちろんサラダにも使う。砂糖で菓子にする材料ではなかったのだから、意外に思われるのも無理はない。

もっとも、インゲン豆を甘くした白あんは誰もが普通に食べていたのを思うと、粒あんは色の与えるインパクトがより大きいのか、または粒によって豆の感触が強く出ているからなのか。それはメグミには分からない。

「豆か……」

しみじみと眺めている面々の様子に、おはぎに対する嫌悪感はなかった。

メグミの隣に座る候補が、端にいる背の高い男に向かって叫ぶように言う。

「ベルガモット様。私のケーキも食べてみてください！　中身にも工夫が凝らしてありますから」

――ベルガモット様？　……王城の料理人たちのトップ、ジル・ベルガモット？

ジリン公爵の屋敷で知識として教えられた料理長の名がベルガモットだった。

王城には三つの大きな厨房と五つの調理場があるというが、それぞれの責任者たちをまとめる総責任者が彼なのかと、メグミはじっと見つめる。

薄い茶系の髪は短い。鳶色の瞳をしている。どちらかといえば細身で、目つきはたいそう鋭い。まだ三十代でも十分料理長をやっていけるだけの実力と、妥協しない厳しさがあるという。

彼の作ったどの料理も絶品であり、繊細で美しいデザートまでも作り上げる男。ジリンが、自分が推挙した者に勝った相手だと悔しげに言いながらも、その腕前にはひと言も文句をつけなかった者。

ベルガモットはその候補者を眺めて言った。

「どれほどのケーキでも、ケーキなら私が作れる」

あ……と口を開けたのはメグミだけではない。求められていたのは、ベルガモットが作れないお菓子を提供できる者だった。

選考のために並んでいる貴族たちは、ベルガモットのほうをちらりと見て頷く。

「それはそうですな。この〝おはぎ〟？　食べれば食べるほど味わい深いですよ。あぁ、なくなってしまった。外を囲っていた黒いものが何ともうまい」

「初めての味ですよ。……つまりは、そういうことですね」

メグミは隣に座っている候補へ視線を向けることができなかった。その胸中が推し量れてしまう。

彼はがたんっと椅子から立つと、挨拶もなくその場から駆け去った。メグミは、目を伏せ、膝の上に置いた両手を握りしめる。

駆け去った彼が、菓子職人への道を諦めてしまわないよう願う。ここまで勝ち上がった力があれば、別の場所できっとその力を振るえるに違いないのだから。

「メグミ」

前方から声がかかって、メグミは慌てて顔を上げる。

「は、はいっ」

「これはなんだ。この黒い豆は」

ベルガモットが尋ねてくる。

「小豆です。それを砂糖で味付けしてあんこにします。あんこには豆を粒として味わえる粒あんと、つぶして練ってなめらかなこしあんがありますが、今回のものは粒あんです」

「……単純な味だったが、うまかった」

「ありがとうございますっ」

ぴょんっと立ち上がったメグミは、深々とお辞儀をした。そこにいた審査員が、彼女の様子を見て笑う。これで、候補者はひとりに絞られたのだ。

次は、国王陛下に食べてもらう。そこで決まるかどうかだ。これは口に合わないと言われれば、今までの選考はすべて水泡と帰す。

――豆大福にしよう。あんこは粒あんでいく。どうしてかって言えば、私が粒あんが大好きだから。

自分の好みで決めるのかと問われれば、そうだと答えるしかない。彼女にとって自分が好きであることが、もっとも大きな原動力となる。

――豆大福の外側の豆は〝赤えんどう〟だから、ジリン公爵に手配をお願いしないといけない。以前、王都の豆屋で見かけたことがあるから、きちんと手に入るはず。

豆は生活の中で食料として活用されているが、元の世界でアジアが発祥地だといわれる小豆だけがなかった。

だからこそ、小豆から作ったあんこを存分に使用しよう。

——国王陛下……おいしいと言ってくださらないかなぁ……。

ひとりに絞られる三回目の結果は、王城の居室で待機していたジリン公爵にすぐさま届けられた。

メグミは公爵の部屋で余ったおはぎを振舞う。

「うまいぞ。これがあんこか。だんごの上に載せてもよさそうだ」

ジリンは本当にだんごが好きだ。メグミはここでやっと顔の硬直が解けて笑う。

「そういう形にもできます。おまんじゅうの中にも入れられますし、葛と一緒にすることもできます」

「おぉ、広がるのう」

ばたんっとドアが開いたのでそちらを見ると、息を速くしたローズベルが立っていた。貴婦人は走らないと聞いていたのに、駆けて来たのだろうか。

「ノックはどうしたんだね。行儀が悪いぞ」

父親の咎める言葉には微塵も耳を傾けず、すたすたとメグミの前へ来たローズベルは言った。

「おはぎっていうのを作ったんですって？　私の分は？　残っているでしょうね」

「はいっ」

メグミは満面の笑みで答える。ほしいと言葉では言われていないが、これは嬉しい要求だった。


一週間後。

午餐のあとのお茶の時間に、国王による最終審査の予定が組まれた。

調理時間次第で、王城へゆっくり行くこともできるのだろうが、メグミが選んだ豆大福の場合、そうもいかない。

保安上の問題から、作ったものを外から運び入れるのは禁じられていた。選考することを考えれば、誰が作ったかをはっきりさせるためにも、当日王城で作成するという絶対条件がある。

あんこにしても、それを包む赤えんどうを含んだ餅にしても、ある程度寝かせる時間が必要なので、メグミは早朝に王城へ向かった。

四回目になる調理場で、緊張しながら赤えんどうを茹で、餅を用意してゆく。小豆もあくを取りながら作り、丸めてバットの上に並べた。提供する時間になる直前にえんどうの入った餅で包む。これがけっこう難しい。あんこがうまく収まらないからだ。

丁寧に丸くして三個並べると、どこか可愛い感じに見えてメグミは達成感と共に笑ってしまった。

——おいしそうっていうより、可愛いじゃない？　三個っていうのが、何だかおだんごみたい。

自分が作った和菓子を前に、ふふっふふっ……と肩を上げ下げしながら笑うメグミは、端から見れば相当奇妙な人だったに違いない。

ふと視線を感じて振り返れば、ベルガモットが後ろのほうに立っている。メグミは慌てて頭を下げた。

「すみません。気がつきませんでした」

「おまえの集中力はたいしたものだな。王城の調理場という特殊な場所でも夢中で作業をしている。……それは何という菓子なんだ？　名前はあるのか？」

「豆大福です」

豆と聞いてベルガモットはほんの少し口角を上げたが、すぐにそれを収め、言葉少なく言い放つ。

「あとで私にも一個分けてくれないか」

背筋がピンと伸びた。表情がたいして変わらないベルガモットは、小さな声で呟く。

「おまえの後ろ盾がジリン公爵でなければな」

「え？」

「いやいい。そろそろ時間だ。侍従が来るから、盆に載せてお前が持ってゆけ。陛下に直接お出しするんだ」

「はいっ」

う……と返事に詰まった。黒獣王の前に出ろと言われた。

国王を前にするときは、どういう礼儀作法が必要だっただろうかと頭の中がグルグルしている間に、侍従が呼びに来た。

大きめの丸い盆の上に豆大福が三個載った皿を置いて、レースが縁どられた高級そうな四角の白い布巾をかける。

メグミはベルガモットに軽くお辞儀をすると、両手で盆を持ち、国王の待つ部屋へ向かった。

案内された先で、衛兵が両側に立つ立派な両扉を開けられ、メグミは盆を持ったまま中へ入った。思わず部屋の中をぐるりと見回してしまう。

ずずず……っと視線が遠くへ吸い込まれるほど奥が深く、走っても壁から壁へ到着するのに時間がかかりそうな幅のある広さだった。

さすがに国王の部屋は違う。リビングなのか書斎なのか、はたまたただの客間なのか不明だが、壁にかかった絵は巨匠の作だろうし、大きな暖炉はどう見ても大理石という豪華さだった。凝った壁紙や天井の細工も見事だと思う。

部屋の中に設置されているソファセットなども、たいそう立派なものに見えた。

奥には楕円形の長いテーブルがあり、白いテーブルカバーが掛けられている。真ん中に花が活けられ、その周囲に数本の金の燭台が立っていた。大きな窓から日差しが入って明るいためか、燭台は灯されていない。

テーブルの周りには、木彫りの枠のある椅子が数脚設置されていた。

メグミはそこでようやく、この部屋は国王の食卓の間だと気づく。ジリンの屋敷で晩餐の間へ入ったことがあるが、ここは王城の晩餐の間というよりは、椅子の数からして国王の私的な食事をする場所のようだ。

——国王様は？

転ばないよう厚手の絨毯を踏みしめながら、ソファセットを避けてその奥のテーブルへゆっくり近づくと、陽の射す窓のところに誰かが立っていた。

髪の色は、メグミよりは多少ブルネットに近いようだが、黒獣王らしく黒色だ。

背が高くすらりとして、直立している背中と後ろ背に回って組まれた手という立ち姿には、柱か岩かという確かさがある。

膝丈の上着は紺色の地に錦糸が入っていてずいぶん絢爛豪華な感じだ。ただ紺色が主体なので重厚感いっぱいだ。ズボンは白だった。

メグミはひと呼吸してから声をかける。

「陛下……。お持ちいたしました」

声が裏返ったのは愛嬌ということにしてほしい。

そして王はこちらを向いてくる。

——しなやかな感じ？　肩幅が広いな。お歳は……二十八歳だった？　ジリン様の説明ではそうだったわ。あれ？　コラン様と同じだ。

そこでどうしてコランを思い浮かべたのか、黒獣王の顔を見た瞬間に理解する。

「コラン様っ。え、どうして？」

硬い表情がふっと崩れて彼は微笑した。

「メグ。元気そうだな」

声もまた、メグミがよく知るコランのものだ。

「あんこができたんだな」

嬉しそうに見える。

たまにテッシバへ来て和菓子を頬ばる謎の男コランの正体は、黒獣王と呼ばれるヴェルム王国の国王、コンラート・フォン・ヴェルムだった。

第三章
小豆とあんこと「羊羹」

すぐに食べたいと言ったコンラートは、窓辺から離れてそそくさとテーブルの端に座る。メグミは慌てて豆大福が載った皿を彼の前に置いた。

どこにいたのか、少年のような年齢の侍従がコンラートにお茶を出す。そしてそのあとはすぅっとその場からいなくなった。

コンラートは目の前の皿に盛られた豆大福を穴が開くほど凝視してから、添えてあるフォークを手に取り半分にして一方を口に入れた。

メグミの緊張が極限まで高まる。

彼は、すぐ近くでメグミが見ていても頓着せず、豪快な感じで食べてゆく。この辺りはテツシバで見ていたコランと同じだ。

喉元がごっくんと動いてから、舌がちらりと出て唇を舐めた。

こういうのは、行儀が悪いとか、逆にこんないい男がすると艶めかしいとか、見ている者はさまざまに感じるのだろうが、メグミはひたすら彼の感想を待つ。

コンラートはお茶をひと口飲んでから彼女のほうへ顔を向け、そしてひと言。

「うまい」

ほぅ……と長い長い息を吐いたメグミは、へたへたと床に座り込んでしまった。

ははは……と朗らかに笑った彼は自分の斜め前、楕円形のテーブルの端に座る位置から左側にある椅子を指した。

「メグ。そこの椅子に座れ。話がある」

「はい。私もお聞きしたいことがあります」

「そうだろうな」

大きく笑うコンラートは、少々子供っぽくて可愛い感じがする。しかし、ヴェルムは大陸の中でも広い領土を有する強国であり、隆盛へ向かう勢いのある国だと近所の人からもジリンからも聞いた。

この強国を統べる彼が可愛い面もあるというだけの普通の人だなんて、あり得ない。

――黒獣王というふたつ名の通り残虐とか冷酷だとか、戦いが好きだとは思わないけど、コラン様として店に来ていたときも、ただの人とは違って見えた。甘えたことを言ってはいけない相手だってことを、忘れないようにしないと。

彼が『おい。メグにもお茶だ』と自分の後ろへ向かって言えば、やはり音もなく侍従が来て彼女にお茶を淹れてくれた。

そしてまた、すすす……と消えてしまう——というか、消えたと錯覚しそうなほど静かにその場から退出した。

どうやら、国王の世話をする彼らだけの出入り口があるようだ。

メグミはカップを手にしてありがたくお茶を頂戴した。

この世界には、紅茶に似た茶葉もあるし、ほうじ茶のようなお茶も飲まれていた。しかし、緑茶はない。

テツジが抹茶のためにずいぶん探したが見つからず、さすがに茶葉は栽培できないので諦めるほかはなかった。ただ、どのお茶もきちんと淹れればおいしく飲める。

ほぅ……とひと息吐いたメグミは、いまの状況にいきなり思い至り、慌ててコンラートに謝る。

「申し訳ありません。こんな、気安く座ってお茶までいただいてしまって……！」

礼儀作法はどうしたんだと、自分に突っ込む。国王陛下の前ではくれぐれも安易な態度を取らないようにと、あれほど言われていたというのに。

メグミは恐縮するがコンラートは軽く流した。

「俺の前ではテツシバのメグでいてくれ。メグには、黒獣王というふたつ名の先入観がない。気張る必要がなくて、俺もそのほうが楽なんだ」

そうはいっても、人がいるところではやはり注意が必要だろう。忘れてはならない部分だ。

「訊きたいことがあるんだろう？　なんだ」

「あの。作った菓子を国王陛下に食べてもらうのが最終選考だと言われていました。いかがでしたか？」

「言った通りだ。うまかったぞ。合格だ。メグはこれで王城の新しい菓子職人だな。しかも国王専属だ」

「……私がテッシバのメグミだから、選んでくださったのでしょうか。初めからそのおつもりでしたか？　贔屓で決めたとか……ないですよね。えと。ありませんですか？　あれ？」

先週の選考のとき、彼女の横に座っていたもうひとりの候補者のことが頭を過ぎる。もしも最初から誰にするかを決めていたら、いままでの選考がいかに無駄で、いかに候補者たちを傷つけたか、考ると胸が痛む。

『コランだと思え』と本人から言われたので勢いがついて口に出してしまったが、目の前に座る彼の煌びやかさが国王相手だと彼女に気づかせて語尾が迷った。

コンラートは、メグミを真剣な面持ちで見つめる。

「言葉使いに無理は禁物だぞ。いつも通りでいい。……選考はおまえの力で勝ち上がってきた。俺は何も言っていない。もしも、おまえより珍しくてうまい菓子を作る者がいたら、今この場にいるのはそいつになる」

肩から力が抜けてメグミはふっと息を吐く。

贔屓で選ばれたなら、菓子はどうでもいいのかと詰め寄りそうだった。

「いいか、メグ。俺は変わった菓子というよりは、ほかにはない唯一無二の珍しさが欲しかった。もちろん、うまいことが最優先だがな。メグの和菓子が念頭にあったのはたしかだが、俺以外の評価がどうなるかも知りたかったんだ」

だから審査制なのかと納得がいく。メグミは最終まで残り、ここへ来た。

コンラートは再びフォークで刺して豆大福の残った片方を食べた。それを腹に収めると、今度は手を伸ばして残りを掴んで食べる。三個あったものはすぐになくなった。

「行儀が悪いと言われちゃいますよ」

「かまうか。テツシバでは、まんじゅうは手で掴んで食べたぞ。中身は白あんだったがな。今回のものが小豆か」

「はい。小豆から作る〝あんこ〟です。家の庭で栽培していたものが、やっと収穫できました。これでいろいろな和菓子が作れます。どうぞ食べてくださいね」

「もちろんだ。俺のほうで栽培していたものも、かなりの量が期待できそうだぞ」

気持ちが浮き立つ。やはりこの国はメグミの故国と気候がよく似ている。四季があり、雨が降って、地面の下で流れる水が豊富だ。

この先もうまく育ってほしいと思うので、つい忠告めいたことを言ってしまう。

「乾かすのに注意が必要です。本には、広げて日干しにするけど、ひっくり返すのを怠ると虫がつくとありました。……もう読まれていましたね」

「あぁ。分かるのは絵だけだが、メグが説明してくれたからな」

一度の説明で覚えるのもたいしたものだと思う。彼はそれくらい、真剣に考えている。

「あの、量が多いということは、収穫とか乾燥とかに人手が必要になりますね」

育つ途中でも、葉の様子を見て病気などに注意することも必要だった。簡単に栽培できるとはいえ、手を掛けなければうまく育たない。

家の裏庭では入りきらない分量があるとコランに話したときに軽い調子で引き受けてくれたが、手間のかかるものをお願いしたようで申し訳ない気持ちになる。

もちろん収穫した小豆はコンラートのものだ。知り合いの畑で作らせてみると言っていたが、国王なら彼所有の土地で作っているのかもしれない。

どのように使うつもりだろう。考えてみれば、何のために小豆を栽培する気になったのか不思議だ。

　メグミの脳裏に浮かんだ疑問は、コンラート自身が答えてくれる。

「手がかかるのは歓迎だ。元々、どうにかして労働者に仕事を与えたいと考えていた。小豆の栽培は俺の望みに適う。害虫や特有の病気を防ぐために、既にたくさん雇い入れているぞ。テッシバへ来ていた女の子の父親も、労働者を呼び込んだときに集まったひとりだ」

「そうですか。あの子のお父さんはそちらへ出稼ぎに行ったのですね」

　暗く淀んだ地域から家族ごと脱出できるよう祈る。下層階級の中には、逃げて来た罪人などではない普通の人たちもいて、彼らの一番の問題は仕事がないことなのだ。

「あとは小豆が売れるかどうかだ。売れれば、小豆をこの国の名産にできる。名産になればもっと大々的に広げて、人も多く雇えるってことだ。経済を回せる。外見を整えただけのいまの状態では、富める者の農園だけで食っていかなければならない」

　とうとうと語るコンラートの顔を、いつの間にか意識せずに凝視していた。

　メグミはしみじみといった口調で呟く。

「国王陛下なんですね……。コラン様は王都をふらふらしている人だったのに。そういえば、誰も国王だと気がつきませんでした。黒獣王の名が隠れ蓑になっているんでしょうか。ふたつ名の印象はすごく強いみたいです」

「そうだ。その先入観を利用して出歩く。式典などで国王の顔見せをする広場も王城内にはあるが、煌びやかなマントを羽織って城壁の上から見下ろす王の顔を見ていても、町中をふらつく俺と結びつける者などいなかったな。黒髪でもだ」

彼女の髪は、ほかにはない菓子を売っている店で黒髪の娘がいると噂されて宣伝の一翼を担った。けれど彼の場合は、ふたつ名を強調するものになっている。

「先入観を利用した以上、それに縛られることもある。仕方がないことだと分かっているさ。まともな政策をしても、すぐに覆されると考える者は多い。それくらい、前の王たちの悪評は高いわけだ」

町でもそうだが、王城内でも先入観で彼を見る者が多いのかと胸がきりっと痛んだ。

「なぁ、メグ。あんこを使った和菓子を作ってくれ。小豆は、それだけではただの豆だ。ほかの豆と大して変わらないが、珍しい菓子があって、それに使われるあんこが小豆となれば、小豆を他国にも売ってゆける」

「え、あの、売ってゆけるって。和菓子にそんな力はないと思いますけど」

「ある。小豆の栽培を拡大できれば新しい産業になるぞ」

コンラートは、メグミになぜ新しい産業に拘るのかを話した。

この大陸では、領土を広げて富を奪うために、長い間国同士で戦争ばかりをしていた。これはメグミも町の人から聞いたこの世界の歴史だ。いわゆる戦国時代だったのだろう。

その結果、各国があまりにも疲弊したので、互いに条約を結んで一時的な小康状態を得た。それが今だという。

「この凪いだ時期に国の基盤を強固にしたい。どの国の為政者も同じことを考えているだろうな。農業や酒蔵などはもちろん力を入れるが、それはどこの国でもやっている。ほかにはないものを作って他国から自然に人が流れてくるようにしたい。流通の中心になれば、あらゆるところへ富が流れ込む。その結果、働く場所も増える」

「そうかもしれませんが……」

着眼点は悪くないと思う。

そもそも小豆は、この異世界に存在しないのではないかとメグミは考えている。栽培方法も、彼女が持っていた一冊の本から習っただけで、たとえ他国の者が豆を持ち運んで行っても栽培まで到達するのはかなりの年数が必要だろうし、その国の気候が合わなければできない。

この国にしかないものは、経済における武器だ。けれど人が欲しがるものでなければならない。

彼はあんこを使った菓子は武器になり得ると言うのか。いまのところ、あんこは彼女にしか作れないし、あんこを使う菓子は和菓子だけだ。

話が大きくて、メグミは困惑した。

「私は和菓子を作ることしかできません」

「それでいい。進めてゆくのは俺だ」

コンラートは笑う。力を持つ男の笑みに包まれるのは心地よかった。こちらまでその力を分けてもらえそうだ。

「私が選考からもれていたらどうしたんです?」

「テツシバへ通うだけだ。勝ち上がってくれたほうが、ほかの者もうまいと感じるというのがはっきりするから、俺はここへメグが来たのは嬉しかったぞ。豆大福という名だそうだな。うまかった」

掛け値なしの賞賛がくすぐったい。メグミは照れて頬を熱くすると目線をテーブルの上に向ける。

彼は王の顔で彼女に命ずる。

「三日に一度はメグミに和菓子を作ってもらう。ベルガモットの作る菓子もうまいが、それだけでは呆きるし、物足りなくなってしまうんだ」

「はい」

「俺が王都を出歩くのは、新しい産業の種を見つけたいのと、もうひとつ。変わった菓子を探すためだ。これは趣味のひとつだな」

ぷぷっと吹いたメグミは、堪らなくなって身体を伏せて大笑いしてしまった。コンラートは間違いなく〝スイーツ男子〟だ。

こうして、国王の決定を受けて合格したメグミは、王城の新たな菓子職人として働くことになった。

住処も王城内に部屋が用意されるので、ジリンの屋敷から出ることになる。

母親のサユリは、最初の約束通り『静養ができる場所』と『最高の医師と薬』のためにジリン公爵に預けるから、離れて暮らさなくてはならない。

待っていたジリンとローズベルに結果を報告して豆大福を出しているとき、ふと気がついてソファに座るジリンに訊く。

「ジリン様。今日の審査で、『最後は大丈夫だろう』と仰っていたのは、コラン様の正体を知っていらしたからですね」

「当然だ。陛下は、テツシバへメグミの和菓子を食べに行かれていたから満足されるとは思っていたよ」

ジリンがコランの正体について何も言わなかったのは、彼が国王として国と民のために動いているのを知っているからに違いない。そのために王都へ出ているのだと。

ふたつ名に惑わされる者ばかりではないと思えて、何だかホッとした。

メグミはジリンの前に立って深く頭を下げる。

「母のこと、よろしくお願いします」

「ふむ。できる限りのことをしよう。お前は見事に国王専属の菓子職人になったのだからな。後見人は私だ」

そこでジリンはにんまりと笑う。

「グレイが推した者もいたんだがな。さぞかし悔しい思いをしただろう」

「お父様ったら、そんな子供のようなことを仰らないで」

「お前に言われることはないだろう。それよりもそろそろ結婚して、この家の跡継ぎを……」

父親と娘のやりとりが微笑ましくて、メグミはふたりを笑って見ていた。

　メグミは王城へ移動する前にテッシバへ行って残りの小豆を収穫することにした。

　国王の専属菓子職人に任命された翌日に、ジリンに頼んで馬車を出してもらう。

　途中で、仕入れで世話になっていた大通りの店へ『しばらくテッシバを休みます』と伝えるために寄った。挨拶代りに、おはぎをふたつずつ持って行く。

「あんこ？　うまいなぁ」

「これ、売れるんじゃゃね？」

　嬉しい感想をもらい、提案まで受けた。王城の菓子職人になることは伏せておき、サユリの療養のための留守だと告げるにとどめた。

　そのとき彼らから、国からの補助によってこちらへ出て来られたが、実は補助を受けるよう話をしに来た者がいたことを教えられる。

「そんなことが……。私はみなさんが王都まで出てくださって、すごく助かりました。いつか戻ってきますから、そのときはまたよろしくお願いします」

「メグちゃんも元気でな。困ったことがあったら、いつでも来なよ」

　口々に言ってもらえて目元を潤ませた。

　そのあとはテッシバで小豆の収穫だ。留守をしていて収穫が遅れたので、虫が入り込んで大半がカサカサになってしまった。

「やっぱり、近くで世話をしないとだめね。収穫の時期も逃してしまった」

ひと袋は獲れたのでホッとする。あとは王城で日干しをして乾燥するが、日干しをしない豆も残しておいて来年の種にすることも考えなくてはならない。量には限りがあるので、慎重に使ってゆく必要がある。

忘れ物はないかと店の中を点検したメグミは、外に出てテッシバに鍵をかける。張り紙は前のままだ。外で待っていてくれた馬車に乗り込んで店を後にした。

屋敷へ戻る道中、馬車に揺られながら、メグミは今日のことを考えていた。

――皆に補助金のことを教えた者がいる……。王都からずいぶん離れていた店にわざわざ行って？　役人？　遠いところにある店舗を王城の役人がなぜ知っているのかしら。それも、和菓子の材料を仕入れていた店ばかり。

テツジがいなくなってからは、和菓子の材料を手に入れるために遠くまで行くから、休みの日が増えるかもしれないと話した相手がいる。

――コラン様だけよね、話したの。

根掘り葉掘り聞いてくる彼に、ついあれこれ話した。

そのときに名前を出した店は、ほとんどが王都に移転、あるいは支店を出している。

この中から、コンラートの望む新たな産業の種は、たぶん生まれる。

——醤油とか。ほかの国にはないと思うし、作り方を知っているのは父さんが話をしたワイン蔵の主だけよね。

コンラートは政策としてどんどん動かしてゆくから、後押しを受けて伸びそうだ。目標を定めたあとは突き進む。それができる力を持っているし、なにより精神的な支柱が素晴らしく強固だ。そういうコンラートに、メグミは。

——守られている？

がたんっと馬車が揺れて、思考が現実に引き戻される。

メグミは、いまのは危険な考えだと首を横に振った。彼が探しているのは新しい産業の種であって、メグミのために動いているのではない——と。

王城での暮らしは想像していた以上に忙しいものだった。

まず、彼女が住まう部屋として案内されたのは、日ごろから中心となって動く第一厨房の近くだった。

二階にあり南向きのずいぶんいい部屋だ。引き出し付きのクローゼットや蓋を上げ下げして収納するチェストなどの調度に加えて、寝心地のよさそうなベッドもそろえられている。

料理長は別として、料理人に与えられる部屋の中ではもっとも広いと案内の侍従が言っていた。

ひとり部屋というところに優遇が見え隠れしたが、料理長のベルガモットが料理人たちを集めて説明したところによれば、『国王陛下専属の菓子職人として』彼女は個々の調理場の責任者と同じ地位になるらしい。

おまけに下働きの女の子をひとり付けてもらった。名前はアルマ。茶色の髪を後ろでひとつに纏めて丸いネットを被っている。メグミと同じくらいの身長だ。

「アルマさんは、もしかしたら、私より年上？」

「そうです。あなたの身の回りの世話に部屋の掃除、洗濯もしますよ。それと、さん付けはやめてください。メグミさんは立場的に私の上になりますから」

ニコリともせずに言われた。ついでにと付け加えられたところによれば。

「メグミさん。菓子を作る腕前が高いそうですが、優遇されているって、料理人たちに妬まれてますよ。私たち下女中にも。入ったばかりなのにって」

うわっと背を引いてしまった。

第一厨房の一角を彼女の仕事場所にするとベルガモットが決めた。これも妬まれる要因だったようだ。

かくして、嫌がらせを受ける日々になってしまった。無視は当たり前で、軽いとはいえ邪魔だと小突かれもした。

あるとき、できあがった菓子を持ったところで後ろから押されてすべてダメにしたことがあった。そのときばかりは、菓子を出すのが遅れたのもあり、コンラートの耳に入ってしまった。国王の執務室へ呼び出されて理由を問い詰められる。

「申し訳ありません。転びました」

「誰かが背中を押したんだろう？　厨房の様子は俺の耳にも届いている。俺が追及してやるぞ。せっかくの菓子をダメにされて怒らずにいられようか」

「私の不注意です」

頑固に同じ返事を繰り返して、最後まで自分の不注意で押し通した。それ以来、苛めにも似た嫌がらせはなりを潜める。

嫌味なのかなんなのか分からない口調でアルマに言われた。

「いくらなんでも黒獣王ににらまれてまで、あなたを苛める者などおりませんよ。よかったですね。守ってくれる人がいて。陛下とは、どこまでの関係なんですか？」

「関係？　国王様と専属菓子職人、かな」

「……にぶっ」

ひと言だけでは意味が分からず首を傾げたが。どうやらアルマが言いたかったのは『メグミは鈍い』ということらしい。

「よろしいですか。ベルガモット様があなたを優遇しているのではなくて、陛下があなたに手厚くするよう料理長にほのめかしたんですよ。陛下がメグミの菓子をどれだけおいしそうに食べられるか。たまにメグミさんを見かけたときの嬉しそうな……。もういいです」

「陛下が嬉しそうなのは、きっと私の顔が菓子に見えるからよ」

アルマはのけ反って再び言い放つ。

「あなたが妬まれるのは、優遇だけじゃないってことがよく分かります。その鈍さがイライラするというか、菓子しか興味がなくて作っているときに声をかけても返事もしないとか――もういいです」

菓子を作っている最中は誰の声も耳に入ってこない。これは治らないのでメグミは困ってしまうが、どうにもならない。

表立っての苛めはほぼなくなったが、料理人や下働きの者たちは、こそこそと彼女の噂をしている。職場を一緒にするほかの料理人とは、少しも打ち解けられない。

——友達を作りに来たわけじゃないわ。

そう思うしかない。

メグミは溜息を吐きながら、ひたすら和菓子を作る。作っている間は集中するので、少しばかりの悪口など気づきもしなかった。

そんな日々の中、三日に一度はコンラートのために菓子を作るが、貴族たちとの晩餐会にも昼間のお茶会にも和菓子を出すよう言われる。

数が多くなっても店で出す分くらいならひとりでもできるが、作る機会が増えてゆくと、一日二回の作業になる。王城へ入って一か月過ぎるころには、なかなかハードな日々になっていた。

コンラートひとりの場合は試験的な和菓子も出しているが、他国の貴賓がやって来るときは、なるべく雅(みやび)な形のものがいいというわけで、生菓子がもっとも多い。繊細な形にすると喜ばれるとはいえ、時間がかかる。

みたらしだんごはしばらくお預けになった。とくにタレは、食べるときに気をつけなければならないので、ドレス姿の貴婦人にはあまり評判がよくないそうだ。

ジリンがたいそう嘆いていたが、申し訳ないと謝って、みたらしだんごは休んでいる。

たまにジリンの屋敷へ母親の顔を見に行っていた。顔色もよくて元気そうに見える。だから油断したのだ。

秋も半ばを過ぎて、少し寒いと感じた日。

サユリが危篤状態になったと知らせが来た。

そのとき手がけていた菓子作りは停止して、数日でいいから休ませてほしいとベルガモットからコンラートへ頼んでもらうと、すぐさま了承が出た。メグミはジリンの屋敷へ急ぐ。夕闇が迫る空がとても朱くて目を細めるような時の中で、メグミを乗せた馬車が走る。

彼女がサユリの部屋へ入ると、それまでついていてくれた医師と、公爵夫人、それに連絡をくれたジリン公爵自身がその場を外して部屋を出て行った。

ローズベルもそこにいたが、いつもの強い口調は微塵もなく、黙ってメグミの横を通り過ぎた。

部屋の中は、メグミとサユリだけになる。

ベッドへ近づいたメグミは、椅子に座ってサユリの手を握った。母親が目を薄っすらと開けたのを見て、血の気のない顔を覗き込む。

「母さん……私だよ。いつも一緒にいられなくて、ごめんね」

サユリがいつものように微笑む。

「仕事、どうしたの。抜けてきちゃだめじゃない……私は大丈夫なのに」

「ごめん。休みをもらったんだよ。一か月以上働きづめだったしね」

四週間費やした試験のあと、王城に入って一か月。夏の終わりから、秋になっている。ぴっちりと閉められている窓の外は、風が吹くと肌寒いのでコートが必要だ。

サユリはちらりとそちらへ目をやると『もうすぐ栗が出るわね』と言った。

「母さんは、栗きんとんが好きだもんね。とくに茶巾で絞ったのがいいんでしょ？」

「メグミは、栗ごはんが好きなのよね。また作ってあげたかったなー」

「母さん、何を言っているのよ。作ってよ。私、鍋で炊き込みご飯って、うまくできないんだから」

メグミは困ったように肩を寄せサユリに笑いかける。

サユリは目を細めてふふふ……と笑い、ベッドサイドのテーブルを指して、引き出しを開けるよう言った。

メグミが言われた通りにすると、中に小瓶が五個くらいあった。緑色の粉がたっぷり入っているのが見て分かる。

「母さん、これ、抹茶じゃない？　父さんがあれだけ探しても、見つからなかったのに」

「ジリン様が私のために薬草を作っている人を呼んでくださったのよ。話を聞いて、見本を持ってきてもらって、……それで、粉にもできるって。薬屋さんだもの」

メグミが小瓶の蓋を開けると、懐かしいお茶の香りが漂う。

お茶の葉にはいろいろ効能がある。薬草を育て薬を作る人ならという思いつきには、さすがのテツジもたどり着けなかった。

病で弱ったサユリは、この屋敷で、国一番という医者と薬屋と知り合った。敏感に反応して抹茶を手に入れるところまで行けたのは、メグミのことを常に念頭に置いていたからに違いない。

「……寝ていたんじゃないの？　療養はどうしたのよ」

堪らなくなって、涙がひと筋こぼれてしまった。急いで手の甲でごしごしとぬぐう。

サユリは自分の枕元に置いてある包みを、仰向けになったままで手に取ろうとした。しかし、細くなった手首に力が入らなくて持ち上がらない。メグミは慌てて立ち上がって、それを取った。

「これ。見たいの？」

「私、少し疲れてしまって……。だからね、……それはメグミが預かって」

クリーム色の絹の大判ハンカチは、恐らくジリンが用意してくれたものだろう。家から持ってきた麻布とは違う。

開く前に分かった。包まれていたのは父親の位牌だ。

メグミはことさら明るい笑みを口元に湛えながらサユリに伝える。

「王城で置いておくのは難しいんだよ。だって、書いてあるのは絵に見えるから、誰かが落書きするかもしれないでしょ。母さんが持っているのが一番いいよ」

「……お願い。メグミ」

声が小さくなってゆく。息遣いがひどくゆっくりになっている気がした。目が少し細くなったとき、母親はメグミの後ろを視線で捉えた。

「コラン様……メグミを、よろしくお願い、します」

はっとしてメグミが振り返れば、そこにはコンラートが立っていた。

「どうして……」

「サユリは俺にとっても大事な人だ。国王ではない俺自身を見てくれて菓子を作ってくれた。メグのことが心配だろうから、安心させたくて来たんだ」

低い声で返してきたコンラートに、振り返った状態で『でも』とか、『だって』とか、意味のないことを呟いてしまう。何を言いたいのか、自分でも分からなかった。

コンラートはメグミの肩を掴むと、見上げているサユリに向かって深く頷いた。

「サユリさん、メグには俺がついてる。ずっと守ってゆく。大丈夫だ」

「……よかった」

ふぅ……と安堵の息を零し、柔らかな微笑を浮かべたサユリは、眠るようにこの世を去っていった。

二日後の葬儀は、テツジのときと同じで王国の作法にのっとって行われた。近隣の人たちは元より、ジリン公爵夫妻も娘のローズベルも参列してくれた。

コンラートは来なかった。メグミは当然だと思っている。彼は国王であり、そもそも予定では、今日は隣国の王太子が王城へ来ているはずだ。

意外なことに、賓客のもてなし料理のために忙しいはずのベルガモットが、短時間とはいえ顔を出してくれた。メグミに弔意を込めて頭を下げたときも立ち去るときも何も言わなかったのは、彼らしい。

テツジの横に棺が埋められたあとは、参列者たちが去ってゆく。

石造りの墓碑の前でメグミがひとりで立っているだけになったころには、太陽の端が西の空へ隠れていた。踝まである黒い衣服と共に、長い髪が風に晒されている。

彼女の肩をポンとたたく者がいた。メグミがゆっくり振り返ると、テツシバの近くにある馬車屋の若い主、エディだった。彼も黒い服を着ている。

「メグミちゃん。送って行くよ。どこへ帰る？　ジリン公爵の屋敷？」

「……エディさん。……すみませんが、テツシバに」

「分かったよ」

エディは御者台で馬を操る。

感情や感覚が遠くなっているようなメグミは、キャビンの中で布で包まれた位牌を両手でギュッと抱きしめ、胸に寄せていた。

やがてテツシバに着いた。エディはドアを開けてメグミの手を引いて降ろす。

「着いたよ。ひとりで入れる？　一緒にいようか？」

「ひとりで入ります」

「そうか」

余計なことを言わないでいてくれるのはとても助かる。答える言葉など何も持っていないのだから。

自分の身が通り抜けられる分だけ戸を開けて中に入った。ふらふらと動いてダイニングまで行く。椅子に座って持ってきた位牌をテーブルの上に置いた。

「母さんの名前を書かないと」

単調な声で呟いたメグミは、テツジの名前の横に〝志波さゆり〟と書いた。そこで力尽きた彼女は、テーブルの上に伏せて目を閉じる。

——とうとう、この異世界でひとりきりになってしまった。

気持ちも意識も酩酊したようになる。眠っているわけではないのに、動けない。

それからどれほどの時間が過ぎたのだろう。カタリと音がして、メグミは机の上に伏せていた上半身をゆっくり起こした。

通りに面した戸のところに誰かが立っている。

「コンラート様……？」

「不用心だな。明かりを点けるぞ。それと今の俺はコランだ。国王が町中をふらついていると知られるのは拙い」

店の中にあるランタンに明かりを入れたコンラートは、それを持ってメグミのほうへ来ると、テーブルの向かい側へ座る。

その席は、テツジが亡くなってからはサユリの場所だった。

ランタンはテーブルの端に置かれた。ふたりの影がゆらゆらと壁で躍る。

じっと見つめられている。

何か言われるだろうか。慰めの言葉など聞きたくない。何も聞きたくない。

それなのに彼はいっそ冷たい声音でメグミに命じた。

「新年に入ってすぐの夜会で、和菓子を出せ」

「……」

何を言われているのか、意識がついてゆかない。メグミの定まらない視線を受けながらコンラートは話を続けてゆく。

「他国からたくさんの王侯貴族が来る。国の威信もかかっている。そこで小豆の宣伝がしたい。何が作れるのか、どういう菓子になるのか、考えろ。ベルガモットのいつものデザートと一緒に出すから、それに釣り合う菓子を作れ」

彼が言っている内容が遠くから近づいてくる。メグミの唇が動いて、覚束ない口調で掠れた声を出した。

「……新年の夜会で。和菓子を」

「そうだ。並べるぞ。メグは、よりたくさんの人に和菓子を味わってほしいのだろう?」

「……そうです」

テツジの言った言葉が脳裏を過ぎる。

『たくさんの人に菓子を食べてもらって、おいしいと言われるとな、すぅっと天にも昇る気持ちになれる。お茶を飲んでホッとひと息つく時間のお供になれれば、俺も頑張るかいがあるってもんだ』

彼女自身も望んでいた。

『食するばかりでなく、自分の手でこねたり蒸したりした和菓子が、人に望まれておいしいと言ってもらえたら、それだけで満たされる気がした』——と。

メグミはじっとコンラートを見る。揺れていた瞳の中が定まってきた。

「お前は国王専属の和菓子職人なのだろう？　国王が命じれば国賓に対して腕を振るわねばならない。違うか？　蹲って動けないでは、困る」

手が震えた。呼吸が早くなった。ふっと横を見れば、母の名前を書いたばかりの位牌が置いてある。

コンラートが訊いた。

「それは何だ。……絵か？　それとも、暖簾と同じ故郷の字なのか？」

「ここには、両親の名が書いてあります。暖簾の文字はカタカナで、これは漢字と言います。ただの板だと思われるでしょうが、手元において、残された者を見守ってもらうんです」

自分の中では位牌であるそれを、メグミは口元に笑みを湛えて見つめる。

メグミと同じようにじっと見ていたコンラートは、顔を上げて彼女へと視線を移す。

——黒い髪。でも瞳には赤い光彩が走る。小豆色の眼。熱いまなざし。

不意に焼かれてしまいそうな感触を覚えて、メグミはふるっと肩を震わせた。

コンラートは、机の上の位牌を手で掴むと、名前の面をメグミに向けてテーブルの上にとんと立てた。

「ふたりが見ているぞ」

彼の声が、耳から入って身体の深くに落ちてくる。

メグミの唇が慄(おのの)いて、目頭が熱くなった。

とうとうひとりになった。教えてくれる父親もいない、支えてくれる母親もいない。家族はもう誰もいない。

それでも、いまの自分は子供ではないから、ひとりでも生きてゆけるだろう。

和菓子職人としてはまだ卵だが、テツジの菓子をなんとかひとりでも作れるようになってきている。だから、請け負えば作るし、王城に入って国王専属の菓子職人になった以上、王が命じればその望みに適う物を模索する。

ぼろぼろと涙がこぼれてきた。不思議だ。サユリが息を引き取ってから少しも泣けなかったのに、仕事があると言われて泣くなんて。しかもこれは、自分にしかできない仕事だ。

メグミはぐっと奥歯を噛んで顔を上げる。頬は濡れていてひどい状態だったが、見る見る視点が定まりコンラートを捕らえた。

「――はい。陛下」

コンラートは、表情こそは冷たいままだったが、少しばかり目を細める。

そして次には柔らかい声で彼女を包んだ。

「国を救えとは言わない。メグミ、お前の菓子で俺を助けろ」

「はい」

かすれた声で返事をする。

「……コランと呼んでくれ」

「コラン」

そこで不思議なほど動揺した様子を見せた彼は、一度目を閉じてから立ち上がり、彼女に言う。

「おまえが戻るのを、待っている」

命令するというよりは、懇願されたように感じてメグミはぱちぱちと目を瞬く。まるで一瞬、心と心がぶつかって火花を上げたような感触だった。

垣間見たと感じた彼の心はすぐに隠され、コンラートは、後ろも振り返らずにテッシバを出て行った。

メグミは彼の背中をずっと見ていた。

肩幅が広く悠々と動くあの背中は、姿こそまったく違うが、己が作る和菓子のために知らない土地を這うようにして材料を探し回り、ついには一つひとつ手に入れていったテツジの背中を思い起こさせる。

精神の支柱がすさまじく強く、目的を定めると確実にそれに向かう。

——そういう人でも助けはいる。

『俺を助けろ』

——そういう人が望んでくれる。

『待っている』

家族はいなくなってしまったが、この世界にたったひとりになったわけではなかった。少なくとも、彼女にしかできない仕事があり、作った菓子を食べてくれる人がいる。

メグミは手を上げて顔を覆う。目元をぬぐうと、ゆるりと椅子から立った。位牌を手に取り、胸に当て、囁くようにしてひとりごちる。

「どんなときにも菓子を作る。たとえそこが異世界であっても。……だよね。父さん、母さん。見ていて。あんこができたんだよ。次は——羊羹、かな」

メグミは一歩を踏み出した。外へ出て戸を閉め、鍵をかける。

少し離れたところで、エディが馬車の用意をして待っていた。


城へ戻ったメグミは、直属の上司ベルガモットに『戻りました』と挨拶をした。

彼は、メグミをちらりと見て『明日の食前のデザートはお前が作るように』とぶっきらぼうに指示を出す。メグミは『分かりました』と答えた。

部屋へ戻れば、下女中のアルマが『あら、帰ってきたんですか』と言った。

あまりにも変わらないいつもの日常がそこにあったので、メグミは目を伏せてそっと微笑した。


それから数日が過ぎる。

午餐の食前に出すデザートに、羊羹を薄く切って提供した。夜会ではこれを出したいとコンラートに伝えたかったが、その場で彼と話すことはできない。客人と一緒だったからだ。

国王として、彼はいつも忙しく、常に周りに人がいる。

しかも、一介の菓子職人が国王陛下と直接話したいと申し出ても、まず取次ぎの侍従長に停止をくらう。話をしたいというメグミの希望は、王城内ではコンラートの耳まで届かないのだ。料理長のベルガモットを通すくらいしか手段がなかった。

ただし、コンラートがひとりでお茶の時間を過ごすときに、メグミに菓子を持ってくるよう伝達がくると、王の食卓の間でふたりきりになって話ができた。

「先ほど侍従が来たのよ。午餐のあとは休みの予定だったけど、行ってくるわね」

部屋の片づけをしていたメグミに、同じく掃除をしていたアルマが何気なく言う。

「急ぎませんと。メグミさんと話をしたいから、陛下が菓子を理由に呼んでいらっしゃるんでしょうから」

「え？」

不思議そうにアルマを見やると、彼女は呆れた顔をして早口で語る。

「お客様がいなくても、お茶の時間の菓子をご所望になられるのは、メグミさんが城へ来てからですよ。いつもそのころは、行方不明だとかで侍従が探していました」

「菓子がほしいっておっしゃるから行くのよ。そのときに話すことだって、夜会とかお茶会とかで出すお菓子のことだわ」

「……にぶっ」

箒を片手にしたアルマは、足音も荒くメグミの部屋から出て行った。

コンラート用に草もちを二個作った。試験のときに大福を持って行った彼だけの食卓の間へ行く。ふたりだけだから、午餐のときに出した羊羹の話ができる。

「羊羹と言います。あれを夜会に出そうと思いますが、いかがでしょうか」

「味はよかった。非常に品のいい食感で小豆も生きていて、俺の目的に適う菓子だ。だがあのままでは華やかさが足りない。国賓に出すんだぞ」

指摘を受けたメグミは、部屋へ戻って考える。年の終わりまであと一か月しかない。年が明けて一週間後に夜会だ。

その夜はひと晩中そのことを考えていた。翌日になって、ポンと手を打つ。

――金箔を載せるのはどうかな。……金箔って、あるのかしら。貨幣で使用されているから、金はあるよね。でも薄くするには、専用の機械がないから、高度な技術を持った職人さんがいないと無理だ。……いるのかな。

ベッドの上で身体を起こした状態で硬直しているようなメグミに、朝の掃除をやりに来たアルマが言葉を放つ。

「何を考えていらっしゃるんです。いつも厨房のほうでごそごそしているのに。昼近くまで部屋にいるなんて珍しいですね」

ごそごそというところにアルマのメグミに対する憤懣（ふんまん）が感じられたが、理由を訊いても言わないし、いまはかまう気になれない。

メグミはいつも和菓子のことで頭がいっぱいだ。

「ね、アルマ。金箔がどこかにないかと思って。食べてしまえるくらい薄いものがいいのよ」

「ありますよ。ベルガモット様が管理されています」

「あるのね！　訊いてくる！」

メグミは大急ぎで着替えて、走って部屋から出て行った。

残されたアルマは部屋の掃除を始める。そのとき、いままではなかったものが、物入れになっている調度の棚に置かれているのに気がついた。奇妙な絵が描いてある板だ。

首を傾げながらもそれには手を触れず、アルマは掃除を続けた。

扉を開けて出た部屋の外は、右左へ長く伸びる廊下だ。一方の壁は、北向きとはいえ中庭に面した窓が連なっているので明るい。二階だから、そこから見下す形で中庭を眺められる。

一方の壁には、メグミの部屋と同じドアが点々と配置されている。

これは、料理人の、いわばグループリーダーたちのひとり部屋だった。メグミもその一員として、この廊下の部屋のひとつにいる。そこがまた妬まれる要因だったが、いまとなっては、ほかの者もなんとなく受け入れた恰好だ。

メグミは廊下を走って突き当りまで行くと、そこの扉をノックした。ベルガモットの私室だ。部屋にいない可能性のほうが高かったが、ノックに応えがあった。

「誰だ」

「メグミです。お話があってきました。少しだけお時間を取ってくださいませんか」

扉が開かれて、着替えに来たらしいベルガモットがいた。時間を考えれば、もう少し過ぎると、晩餐の用意に取りかからねばならないのだろう。

料理長ベルガモットの部屋はひときわ大きく、かなり上質な客間に近い。彼が料理長としてどれほど重きを置かれているか分かるような居室だった。

「で、何だ」

ソファがあっても座れとは言われない。立ったまま話すのは、それだけ時間がないせいもあるけれど、メグミが彼の部下だからだ。

背の高いベルガモットが腕を組んで上のほうから凝視してくると、その威圧感に足がすくみそうになる。けれどメグミも、菓子のことなら引けない。

正面に立ち、ベルガモットの視線を受けとめて、メグミは新年の夜会で金箔を使いたいと申し出る。

ベルガモットは顎に手をやり考える様子を見せた。そして答える。

「簡単に手に入る物ではない。だがまぁ、新年の夜会は非常に重要な催しだからな。陛下がお許しを下されば出そう」

コンラートと面会できるかどうかは未知数だった。年の瀬近くになればなおさらのこと王として忙しいだろうから、目通りは難しい気がする。けれど日にちが迫っている。

「……なんとか、訊いてみます」

「お前の言うことなら了解されるだろうがな」

皮肉気に笑われて、意気消沈しそうだった。そこを踏ん張って頭を下げる。

料理長は厨房へ向かい、メグミは自分の部屋へ戻る。

——どうしよう……。

ベッド端に座って考えていると、『今日の仕事は終わりました。失礼します』とアルマが言って退室した。その声も耳に入らないほど、メグミは金箔を手に入れる方法がほかにないかと思案を続ける。

どれほど過ぎたのか、窓の外は真っ暗だ。かなり遅い時間になっていることにようやく意識が向いたメグミは、眠るための用意を始める。

——寒い。

いつの間にかずいぶん冷えている。小さな薪のストーブがあり、そこに火が入っていたので凍えずに済んだようだ。アルマが気を利かせてくれたのだろう。あの下女中は、文句を言いつつ動くが、仕事は完璧だ。

季節は秋から冬に入っている。三年目の冬だ。いままで通りなら、この先一気に寒くなって、年の瀬には雪が降ることもある。

悩みつつ眠ろうとした初冬の夜。こんこんと部屋の扉が叩かれる。

驚いて飛び起きた。

——こんな時間に、誰？

ドアのところまで行き、小さな声で「誰ですか？」と訊くと。

「コランだ。何か話があるらしいな。来てやったぞ。誰かに見つかる前に開けてくれ」

思わず叫んでしまいそうになった。急いで鍵を外してドアを開けると、彼は滑るようにして中に入る。メグミは一応廊下に誰もいないかどうかを確かめるために、顔を出して右左を見やった。

しんと静まる長い廊下には誰もいなかったので、ホッとする。

コンラートに、机とセットになるこの部屋唯一の簡素な椅子を勧める。彼女は対面のベッド端に腰を掛けた。

ストーブは消してしまったのでストールを肩からかける。コンラートは、厚手の上着を羽織っていた。いつもの煌びやかな服装ではないから、コランだと言われて納得できた。

「どうされたんです。大体、王城の中ならコンラート様ではありませんか」

「それもそうか。内緒で王都へ抜け出す気分だった。……メグが悩んでいるとベルガモットが言っていたんだ。正式な面会は順番待ちになってしまうから、こちらから聞きに来た」

ベルガモットは賓客に出すメニューのことで、侍従長と一緒にコンラートと打ち合わせをすると聞いている。今夜は、その日だったのかもしれない。

――ベルガモットさん。ありがとうございます。

厳しい面ばかりに接するが、料理長は自分の料理に誇りを持っているからこそ、ほかの者に厳しくなる。当然、メグミに対しても甘くなることはない。

それでもコンラートに取り次いでくれたのかと思うと感謝の念が込み上げた。

「明日にでも呼び出してくだされればよかったのに」

「メグが困っているかもしれないだろう？　……サユリさんに守ると約束したし、俺にできる最短時間でここへ来たらこの時間になったんだ」

「そうですか……」

何とも言えない。サユリとの約束だからという理由がはっきりしているなら、これ以上『なぜ』と訊く必要があるだろうか。『にぶっ』とアルマの声が聞こえた気がしたが、察しが悪いのは認めるからそっとしておいてほしい。

メグミとしては、コンラートと話をしたかったので、ちょうどよかった。

「本当ならこういうふうに男の人を夜中に部屋へ入れてはいけないんですけど、緊急ということにします」

「……硬いな。それで、なんだ？」

金箔のことを、あれこれと小声で話した。少量でいいので回してほしいと。

「それはいいな。やってみろ。金箔をメグに回すようベルガモットに言っておく。まずは他国の連中に和菓子を食べてもらわないと話しにならない。小豆の存在を認識してもらう。次に使い道を広めるわけだ。あんこも売るぞ。だからあんこをどう使うか菓子で表してくれ」

――菓子のほかに小豆を使うのは……あずきパン？　どういうふうに作るんだったかな。お赤飯は……、ご飯文化がないと難しいかも。豆としての使い方ならいろいろあるだろうけど、それならほかの豆でもいい。となると、やっぱり和菓子？

「お菓子だけで小豆を売ってゆけるでしょうか」

メグミの心配を余所にコンラートは断言する。

「和菓子は、この国で、もしかしたらこの世界で、唯一の菓子だと思うぞ。大丈夫だ」

コンラートは不敵に笑った。

――考えてみれば、異世界商品だものね。小豆はこちらの世界にはないものだった。持ち込んだことになるんだ。

テッシバの近所に住んでいる占いのおばあさんは、異世界には言及せず、突然現れたメグミたちを『お前たちが現れたのは、偶然だが必然でもあるんじゃろ』とわけの分からない理由づけをした。『玉突きのようにして滑って来たんじゃよ』と言った。

前に住んでいた者はそのまま滑ってどこかへ行き、メグミたちが住んでいた商店街にも、もしかしたらどこか別なところから滑り込んだ者が現れているかもしれない。

その占い師の言う通りなら、元のところには既に誰かがいることになる。もはや引き返せない。この地で亡くなった両親も、彼女も、——小豆も。

もっとも、小豆にしてみれば分布先が広がったにすぎないのかもしれないが。

「メグミ。聞いているか？」

「は、はい。……すみません」

「お前は時々ふっと意識を飛ばすな。和菓子のことを考えていたんだろう？」

彼女は、ははは……と微妙な笑いを浮かべてやり過ごす。コンラートはきちんと聞けよと言わんばかりに、彼女に向かってぐいと身体を乗り出した。

「和菓子の作り方をほかの者にも習わせたい。教えられるか？」

「作り方なら教えられます。ですが、どれほど同じ作り方をしても、味は微妙に違うと思います。ベルガモットさんが作られるケーキだって、見た目の独創性や味の良し悪しの微妙な部分はほかの者には真似できません」

和菓子もいろいろある。練りきりなどは芸術性が加味されてくるから、本当にそれぞれの職人によって違う形と味になるのだ。

しかし、あんこを使うという一点に絞るなら、ほかの人にも教えやすい。あんこ自体を手元で作れるなら、コンラートが狙う小豆の販売にも貢献できるだろう。

「金箔はなかなか派手でいいぞ。できあがりが楽しみだ」

「はいっ」

楽しみにしてもらえるのが嬉しい。

話が終わるとすぐにコンラートは自分の寝室へ戻って行く。

「俺の姿が見当たらないと、侍従たちが泣きながら捜すんだ。別に、見失ったからって死刑にするわけじゃないのにな」

「コラン様となって王都をふらつく間も、そういうことになるんですか？」

「……たまにな」

メグミは引きつったような笑顔になってコンラートを見送った。

翌日の夜は、ローズベルがメグミの部屋を訪れる。なかなか来客の多い部屋だ。

ローズベルは、『なんて小さな部屋』とか『粗末な家具だわ』などと言いたい放題したあげく、椅子に座って自分が話したいことをどんどん語った。

「メグミ、昨日の夜中に陛下と密会をしていたんですって？」

「えーっ！　な、なんですかそれ。新年の夜会に出すお菓子の話をしただけです。私が面会を申し込んでも、順番待ちで時間が過ぎてしまうから来てくださったんですよ。夜中になったのは、陛下はお忙しいってだけで……っ」

昨夜と同じようにベッドに腰を掛けて正面に座るローズベルと話していたメグミは、真っ赤になって飛び上がるようにして立った。言葉に詰まって悶絶するような気分になる。

ローズベルは溜息を吐くと、呆れたように言う。

「そんな真っ赤になって何を言っているのよ。陛下だって睡眠時間まで削って政務をしていらっしゃるようなお忙しい中で、夜中にこちらへ来るのは大変でしたでしょうにね」

「だから、それは夜会に出す和菓子がそれだけ重要だと考えてくださるからで……っ。小豆のためにも」

「小豆？　なにそれ。あ、あんこの原料だったかしら。あんこはいいわね。もっと作って。……というか。前々から思っていたけど、メグミ、あなた鈍いわ」

ローズベルにも言われてしまった。さすがにショックは隠せない。

「そんなに、でしょうか」

「そうよ。あなたは周囲に無頓着すぎるのよ。だから苛められたりするんでしょ。でも、その苛めもたいして気にならなかったのよね。陛下が動いていつの間にか終わっていたくらいの認識じゃない？」

「陛下が動いた？」

初耳のような、そうでもないような。『黒獣王』に守られていると言ったのはアルマだったが、具体的に何をしたのかまでは聞いていない。

「たぶんね。見ていれば分かるわよ。あなたは分からないだろうけど。お父様は、職人はほかのことには鈍いとおっしゃっていらしたけどね。王城の陰になった部分は底なしに深いの。気をつけなさいよ。メグミは注目度が高いんだから」

つまりローズベルはメグミに気をつけろと言いにきてくれたらしい。

「ありがとうございます。気をつけます」

「……感謝に関してだけは、すぐに反応するのにね。どうして陛下の心遣いが分からないのかしら」

「えーっと……、身分が違いすぎるからかもしれませんね」

不意に口を衝いて出た言葉に、メグミもローズベルも目を見合わせて黙った。

いきなりおとなしくなったローズベルは、「邪魔したわ。おやすみ」と言い置いて部屋から出て行った。

メグミは放心したようにぼぅっとなったが、それもすぐに払拭される。

「寝ないと。だって明日の晩餐のデザートは私の番だもの」

自分に言い聞かせると、彼女はベッドに向かった。


今年も残すところあと七日という日に、雪が降った。大量でなくても、風の冷たさと雪の白さが、真冬になったことを教えている。

その日。メグミがいつものように厨房へ行き、食品の棚を確かめていたとき。

「……あれ？　小豆がない」

袋に入れて置いていた。

いままで嫌がらせなど何度もあったが、菓子を作る邪魔だけは一度もされなかった。作った菓子が転んでダメになったときも、背中を押した者はまさかそういう事態になるとは思っていなかっただろう。たまたま、重くてバランスを崩したのだ。

貴重な材料に細工をされるとか、なくなることもなかった。そのあたりはベルガモットが目を光らせている。料理や菓子に影響が出るようなことを彼は絶対に許さない。

「どこ？　あれ？　ここに置いたんだけど。誰か知りませんか？」

厨房にはいつも誰かがいる。早朝に関わらずいまも三人いたが、顔を見合わせて首を横に振った。

「そういえば袋があったな」

「どこへいったかなんて、知るわけがないだろ。そこはメグミの棚だってみんな知ってる。下手に手を出すと、ベルガモットさんがものすごく怒るからな」

ベルガモットの厳しさがある上に、国王の舌に載るのを思えば、恐ろしくてできないという面もあった。

「部屋に持って行ったのかしら……」

真っ青になって自分の部屋へ駆けてゆく。

――テツシバにも、もうないのに。小豆を他国に紹介するための羊羹の材料なのに。探さないと。

部屋へ入ろうとした彼女は、目の端に入った窓の外に気を引かれた。ぱっと近寄って、寒さにもかまわず窓を開ける。

明け方から降った雪が多少積もっていた。今日晴れれば、ある程度溶けたかもしれないが、厚い雲が散ることはなく、再び雪が降り始めている。

雪で一面真っ白になった中庭に誰かが入った跡もなく、綺麗な白い絨毯のようだった。彼女がもっと早い時間に部屋から出たときもなだらかな雪景色で、いまも乱れた様子はないのに、なぜか、点々と小さな穴が空いたようになっている。

——撒かれた？　窓から？　いいえ下で撒いたのかもしれない。何か別なものかも。けど、……確かめないと。

メグミは再び走り出し、一階へ降りると中庭向きの出入り口から外へ走り出た。わずかでも雪が降る中を、もっとも近い窪みに近寄り、手を伸ばして雪を窪ませたものを摘みだした。

小豆色の豆。まさしく小豆だ。彼女は顔を上げて、中庭一面を覆う雪の表面を見る。点々と散らばる小さな窪みのすべてに、小豆がひそんでいるに違いない。

——もう、在庫はない。

雪が降る。外へ出るときの外套もないのでは相当寒い。身体が慄くが、あまり感じなかった。頭の中は真っ白だが、身体は勝手に動いてひと粒ずつ拾い始める。

エプロンをしていたので、そのポケットに入れてゆく。ひと粒、またひと粒。

——あぁ、濡れてしまった。日干しにした豆なのに。

指先が雪の冷たさで赤くなってゆくが、止める気はない。ひとつに括っていた髪が、走ったのと、地面の位置から豆を拾う動きによってするりと紐が外れた。すると彼女の黒髪が散らばって背中に広がる。

少しでも温かくなった肩や背中は、髪が雪で濡れてゆくと重くなり冷たくなった。黒髪の上に降り積もる白い雪は、メグミまでも埋めていってしまいそうだ。

中庭は建物に囲まれていて、それぞれの二階から眺めることができる。そのため、奇妙な行動をとっているメグミを、鈴なりになって見ている者たちもいた。

手伝おうとして一階から出てくるのは、いつも敵対している同じ厨房の料理人たちだ。けれどメグミは首を横に振って止めた。

「朝の軽食と、午餐の準備があります。私はひとりでも大丈夫です。厨房へ戻ってください」

彼らの邪魔はできない。迷いつつも去ってゆく姿には、助けようとしてくれたことへの感謝しかないので、しゃがんだ恰好で頭を下げる。そしてまた拾う。

足を取られ、よろりと傾いた身体を支えきれずに雪の上に膝を突いた。それでも散らばる小豆に手を伸ばして拾ってゆく。

ふと、目の前に靴先があるのに気づいた。黒い靴は磨かれていただろうに、すっかり雪まみれだ。

見上げると、コンラートが立っていた。前ボタンをすべてきっちり留めた豪華な上着とドレスシャツにズボン。上着の上に、黒い厚手のコートを、袖も通さず肩から無造作に羽織っている。

「陛下……。申し訳ありません。夜会に使う予定の小豆が……」

その先は言葉にならない。

静かにメグミを見下していた彼は、片膝を突いて身を屈め彼女と目線を合わせる。

「土に撒かれた物を、客に出せるわけがない。それは諦めろ。うまくいけば来年発芽するかもしれん。放置でいい」

きっと芽は出ない。雪が降る中では水気が多すぎる。

「すみません」

雪の上に両膝を突いて力なく腰を落としたメグミは、両手を握りあわせて胸に寄せ、頭を垂れた。頭の上の雪で黒髪がずいぶん濡れた上に、白くなっている。肩にも積り始めていた。

「お前が撒いたわけじゃない。そうだろう？　謝る必要はない」

「ですが、私がもっと気をつけて管理すべきでした。目を放したのがいけなかったんです」

コンラートは、手でメグミの頭の上の雪を払い、肩の雪も払い、『メグミ』と彼女の名を呼んだ。

耳から聞こえて腹の底へ落ちてくるこの声は、彼女が生きる道の上に立って導く者の声だった。身体ごと、精神ごと、すべてを癒して攫ってゆく声。

メグミが顔を上げて、倒していた上半身を起こすと、目の前に袋が差し出される。

思わず両手で受け取った。ずっしりと重い。

「これは……」

「俺の畑でも栽培していただろう？　収穫も終わっている。日干しにしたときに虫に食われないよう注意できたのは、くどいくらい言ったお前の忠告のお蔭だ。人手もあったから細かな世話もできた。収穫は大量だったぞ」

彼女が育てた小豆は、収穫のころにジリンの屋敷へ住居を変えたり、選考のことで頭がいっぱいだったりしたせいもあって、十分手が掛けられず半分以上虫にやられた。

「メグミ。それを使え。元々、お前が俺に渡した小豆からできたんだ。あのときの分を返すぞ」

笑っているコンラートの顔と、片手では持てない重さの麻袋を、メグミは交互に見る。はらはらと涙がこぼれているのには気がつかない。

「お前は、俺がコランとして王都をふらふらしていた目的を知っている数少ない人間のひとりだ。おまえに菓子を依頼するのは、俺が味わいたいのと、もうひとつ、その目的のためだというのも知っているな。仲間として見てくれるなら、困ったときには俺に助けを求めろ」

彼がテッシバへ来ていたのは、和菓子を食べたいためだった。

王都のさまざまな場所を気まぐれな動きで回っていたのは、新しい産業の種を探していたからだ。ほかの国と戦わずに国と民を養うために。

昔からメグミは、和菓子が好きだから作って、たくさんの人に食べてもらいたいという思いがあった。いまはそこへ新たな気持ちが重なっている。

少しでもこの人の助けになれるなら、と思っている。

足を引っ張るためにここにいるのではない。

メグミは唇を噛んでひと呼吸をしてから、微かに笑う。

「ありがとうございます。使わせていただきます。すごく嬉しいです」

するとコンラートはわずかに身を寄せて、彼女の耳元近くで囁く。

「メグミはドレスや指輪よりも、小豆のほうがよほど嬉しいってことか」

寒さで朦朧としていたのかもしれない。反射的に返す。

「ドレスや指輪ですか？　指輪は手先が重くなりますし、凹凸は邪魔になります。調理場でドレスを着ていたら、裾に火が移ってしまいそうですね」

コンラートが渋い表情をしたので、メグミは寒さで震えながらも笑った。

——いつも、私を助けて立ち上がらせてくださる。

膝を突いていたコンラートはひと息で立つと、その動きを目で追ったメグミに手を伸ばす。無意識に腕を動かしてその手の上に自分のそれを載せると、ぐいっと引っ張られて彼女も立った。

コンラートは自分が羽織っていた黒いコートをメグミの肩にかける。

「ダメです。こんなこと」

「俺が好きでやっている。誰にも文句は言わせない。……誰も言わないだろうしな」

メグミがはっとして周囲を見回せば、窓という窓から城内の者たちが覗いていた。彼女は頬を上気させてぽかんと口を開けてしまう。

——どうしよう、どうしよう、こんな……。

恥ずかしくて隠れたくなる。

「メグ。すぐに部屋へ戻って手先を温めろ。身体も温めるんだ。後で医師を向かわせるから、待っていろよ」

袋を抱いているような恰好で立っているから手先を見ることはできないが、じんじんと痺れていた。いつの間にか現れた衛兵が、メグミを誘導してゆく。

　コンラートは彼女とは反対側から屋内へ入った。

　廊下を歩くコンラートの歩調が次第に速くなってくる。

　行き合う女官や侍従たちが、ぎょっとした顔で端によって彼のために道を開けた。

　どこから現れたのか、ジリンがコンラートのそばに付く。ジリンもまた、厳しい顔つきをしていた。コンラートは前を向いた状態でジリンに指示する。

「メグミの小豆を外にばら撒いた奴を見つけろ」

「はい。許せませんな」

「許せない。小豆を拾うために雪の中に何度も入れたから、メグミの指先が真っ赤だった。犯人は極刑にしてもいいくらいだ」

　激しく言い切るコンラートに対して、ジリンは目線を泳がしながら穏やかそうな声を出す。あくまでも作った穏やかさだったが。

「豆を庭にばら撒いただけで極刑ですか。えー、それではいままでの王たちと同じですが」

　ピタリと足を止めたコンラートは、ジリンに顔を向けて皮肉げに笑う。メグミには決して見せない黒獣王の顔だ。

「俺の中には、残虐で冷酷な血が間違いなく流れている。ほんの半年前までは俺に必要以上近づかなかった公爵なら思うところがあるんじゃないか？　何かの切っかけひとつで豹変するかもしれないってことを、予想しているんだろう？」

「思うところならありますな。もっと早くに、あなた様がみたらしだんごに食いつく姿を見たかったな――と。この年になって、近づかねば本性が分からない人間もいると実感することになろうとは、驚きでしたよ」

「俺もお前がテツシバへ来ているとは思ってもみなかったぞ。元々、テツシバのことは調べようと考えていたが、エディにみたらしの話を聞いて、食べたくて堪らずに行ったんだ。まさか、宰相と鉢合わせをするとはな」

ジリンは鷹揚に笑う。

「若くて強い力を持つ男なら、残酷な方向へ血を滾らせることもありましょう。ですが私は、陛下が豹変するなどと、いまは微塵も考えておりません」

「いまは、か。過去の考えをいっさい水に流して知らぬ顔をするのは、絵に描いたような〝たぬき〟ぶりではないかな」

含み笑いに切り替えたジリンは、穏やかで柔和な老人のふりをして、王城で政敵たちを蹴散らしてきた男だ。

コンラートは、ふぅと溜息を吐いて、自分をぎりぎりと締め上げる激情を落ち着かせる。彼が再び歩き始めると、ジリンは先ほどと同様にそばについた。王の左の手だから、当然左側だ。

ジリンはコンラートに尋ねる。

「では犯人が見つかりましたら、どういう罪状になりますか」

「夜会を潰そうとした罪だな。国の威信がかかっているのに潰そうとすれば、失脚して当然だ。実行した者は命令されただけだろうから王都から追放、その後ろにいて操った者は……、そろそろ締め上げるか」

「さて。排除できましょうか。それなりの権勢を誇っております」

コンラートはジリンをちらりと見て、今度は楽しげに笑った。これが、笑いながら前へ突き進む彼本来の姿だ。

「エディを王城に戻そう。あいつに右の手を継がせる」

「そうですね。そろそろ、王都での調査を終えているころでしょう。兄たちの放蕩の証拠もしっかり掴んでいると思います。しかし、グレイ家を継ぐのが五男になるとは、いかにあれこれ突きつけられても、長男から四男までが黙っておりませんぞ」

「家の掃除は自分でしろとエディに伝えておけ。あいつがいなければ、グレイ家はいつか捻り潰す予定だったんだからな」

それだけ言ったコンラートは、目の前の何もない空間を凝視して付け加える。

「メグに仕掛けた。もう許さん」

ジリンは引きつったように笑った。


年の瀬を迎え、やがて明ける。

一旦テツシバへ戻って掃除をしていたメグミは、新しい年を祝う催しには混ざらなかった。乗れないというか、ジリンの屋敷でパーティがあると言われても、出席する気持ちになれない。第一にドレスがない。

ローズベルが怒った顔で言ってくれた。

『私のドレスでもいいじゃない。貸してあげるわ。だからね。なにか作ってよ』

『いまは夜会のことで頭がいっぱいです』

『無器用なんだから。いい？　出世したければもっと器用に立ち回らなくちゃだめよ。……でもメグミは、出世なんかに興味はないか』

その通りなので、笑うしかない。

人が住まなくなると家は傷むというが、大掃除をしている彼女はテツシバのところどころにその気配を見つけて少し哀しい。

――母さんがくれた抹茶は、王城へ持っていこう。そろそろ使うからね。

抹茶は新緑のころが似合う。五個ほどあった瓶を抱えて王城に戻ろうとすれば、馬車屋のエディに出くわした。

「明けまして……じゃなかった。そんな言葉はなかったわね。新しい年です、よろしくしてください」

「僕のほうこそ、よろしく……と言いたいところだけど、実は馬車屋はほかの人に譲ることになったんだ。僕は実家に戻らなくちゃいけない」

「そうなんですか。こちらにいらしてまだ一年にもなっていないのに。寂しくなりますね」

知っている人が近くからいなくなるのはずいぶん寂しいことだ。メグミは下を向いて足先で土の道をトントンついた。

「メグミちゃんとはきっと、どこかでまた逢うよ」

「そうですか？　う－んと……、たとえば、王城？」

エディはぶはっと吹いた。

「どうして、分かっちゃったの？　メグミちゃんはそこまで勘が鋭くないと思っていたのに」

「ひどい。あのね。母さんが亡くなったときに、墓地からテッシバへ連れて来てくれたでしょ。王城へも送ってくれたじゃない。あとで考えたのだけど、あれってやっぱり、コラン様の指示だよね」

エディは、ははは……と笑って否定も肯定もしなかった。

「見張っていたわけじゃないよ。見守っていたんだ」

「どう違うの」

メグミも笑う。サヨナラをするなら笑って別れたい。

「僕はこれから兄たちを排除しないといけないんだ。ちょっと大変なんだけどね。こちらにいる間に追い落とすネタはたっぷり仕入れた。コラン様……えー、コンラート様には感謝しているよ。だから一生懸命あの方のために動くつもり」

今度はつられ笑いではなく、彼女は静かな笑みを浮かべて頷いた。エディの目的は、兄たちを差し置いて家を継ぐことらしい。彼は、自分の正式名はエディール・アズ・グレイだと教えてくれた。二十五歳だそうだ。

最後に王城へ送ってゆくよと彼は言い、メグミもそれをお願いした。

慌ただしい日々は一気に過ぎて、夜会の前日になった。

メグミは、早朝から自分の持ち分のある厨房へ来た。

前日の準備は、分量を量って避けておくことからだ。数が必要になるから、わざわざ金物屋と小物屋にそろえてもらった長方形の蒸し器や、目の詰まった布巾などを確認する。

――今日はもう少しゆっくりきてもよかったんだけど。

そわそわと落ち着かず緊張が高まってきたので、朝も早くから、珍しく誰もいない厨房にいるというわけだ。早朝すぎるのかもしれない。自分でも大丈夫かと思ってしまう。まだ前日なのに――と。

「早いな、メグミ」

「ベルガモットさん。おはようございます」

ぴこんっとお辞儀をして朝の挨拶をする。

ベルガモットは、前日の夜どれほど遅くても、朝になれば厨房や調理場の点検をしていた。誰かに任せてしまわないところに、彼の料理人としてのプライドを感じる。

「おはよう。お前は明日の夜会で、あんこを入れた生菓子をいくつかと、金箔を載せた羊羹を出す予定になっているが、変更はないか？」

総責任者だから、どの料理が出されるのか事前にすべて把握している。もちろんデザートも。彼には見本を作って既に出していた。

「はい。いまのところ変わりありません」

「そうか。ではついでに言っておくが、私は、メインのデザートテーブルにティラミスを出すつもりだ。――金箔を載せて。お前の羊羹は、その横に並べる」

「――！　金箔、ですか！」

「そうだ」

ドキドキと鼓動が早くなった。

――同じような色合いで、同じように金箔を載せるの？　ベルガモットさんなら、きっと素晴らしいティラミスを作るわ。派手でおいしい……。それに比べて羊羹は派手さに見劣りがするかもしれない。これって、意図的にぶつけてきた？

驚いた。メグミはのけ反ってベルガモットを凝視する。

ベルガモットは彼女の考えたことを察した。抗議したいと語るメグミの視線に応えて、普段は無口と言っていいほどなのに、いまは彼女に向かって説明をする。

「私の後ろ盾は、グレイ公爵閣下だ。それは知っているな？　お前の後見であるジリン公爵とは政敵になる」

「はい」

何を言いたいのだろう。こういう政治的背景を、厨房には決して持ち込まない人だったのに。

「はっきり言うが、今回、グレイ公爵の意向でお前を潰すつもりだ」

「……っ！」

「ただし、材料や菓子に細工をしようとは思わない。私には料理人としての誇りがある。だから真っ向勝負をする。これで潰れるようなら、所詮、その程度ということがはっきりするからな。お前の和菓子がどれほどのものなのかも分かる」

並べて置いて誰も食べなければ、その程度でしかないから去れということだ。ジリンの面目も丸潰れになるだろう。

メグミは肩が上下するほど大きく呼吸をする。

唖然とした彼女をそこに置いて、ベルガモットは仕事に戻った。今日は、前泊する客人のために国王主催の小規模な晩餐がある。

高い背の彼が淡々と動いてゆくのを視界に入れながら、メグミは考える。

――みんなが楽しくなれるのがお菓子なんだもの。勝つ必要はない。でも、ただの添え物になるのはいやだ。

和菓子職人としては卵の殻にひびが入った程度という自覚はある。けれど、ベルガモットが持つ職人としての誇りを、メグミも持っているつもりだ。

——ほかの和菓子に切り替える？……いいえ、いまからでは間に合わない。

今回の分以外の材料も、今後使う予定でここに運び入れていた。

しかしそれは、近々コンラートに作ろうと思っていた〝ぜんざい〟に入れる白玉粉や、まだ何に使うかはっきり決めていない抹茶などだ。

——必要なことは勝ち負けではないはず。

彼女の中には、コンラートの目論みに応えたいという願いがある。

しかしそれだけでなく、和菓子を喜んでもらいたい、覚えてほしい、もう一度食したいと望んでもらえたらという思いがあった。

——この世界で、ほかにはないものとして和菓子を作っている。人の記憶にも残らないものにしてしまいたくない。

ふらりと動いて、自分の部屋へ戻ってゆく。ドアを開けて中に入ると、どさりとベッドに腰をかけた。じっとして動かず、どうにかできないかと考えを巡らせる。

昼過ぎにアルマがやって来て、『掃除をしますから』と言った。しかしその声もほとんど耳に入らない。ひたすら考えていた。

かたんっと音がした。はっとして顔を上げると、棚の上に立てておいた位牌をアルマが立て直しているところだった。

「アルマ。それには触らないで、お願い」

「掃除をしていて、ちょっと手が掠ってしまっただけです。元通りにしておきますよ。……変な絵ですね。こんなの見たことがないです」

「絵……じゃないけど。そういうふうに見えるよね」

テツジが亡くなってもうすぐ一年だ。サユリに関しては、まだまだ記憶が新しい。最後に、秋になっていることから『もうすぐ栗が出るわね』と言っていた。いまはもう、大量に出回っている。

「栗……」

口に出した途端、明快なイメージが脳裏に流れる。

寒天で作る練り羊羹ではなく蒸す予定だったので、材料も道具も揃っている。

これなら。

メグミは、ばんっと立ち上がって部屋から走り出てゆく。

「ちょっ、メグミさんっ」

アルマの声を後ろに聞きながら、ベルガモットがいる厨房へ向かって全速力で廊下を走った。

第四章　夜会に「栗むし羊羹」
そして「抹茶パフェ」

王城の中では、常に走っているメグミはとても有名だ。廊下で行き合う下女中や衛兵たちが、『また走ってる』とメグミを目で見送っているのも気づかずに、彼女はベルガモットのいる厨房を目指す。

メグミは廊下を走りながら考えていた。

――栗羊羹なら。

艶のある羊羹の生地を生かすだけにして、中にたっぷりの栗を入れ込む。切った状態で並べれば栗が見えるし、羊羹との対比で見た目がそこまで地味じゃないから、金箔がなくても夜会に出せる。食べれば歯ごたえもある。元の世界では高級和菓子として認識されていた。

――材料は……。

栗は、厨房にたくさん入荷していて、季節の実として明日の料理にも使用するはずだ。

コンラートに緊急だからと面会をして頼めば、もしかしたらいまこちらにある栗の使用許可が下りるかもしれない。

ただそれでは、メグミを潰すと言いながら、その手段に真っ向勝負を選んでくれたベルガモットに対して、あまりにも申し訳がない。しかも彼は先にそれをメグミに教えた。料理長として、栗を使った料理を考えているに違いないのに、彼女が国王に頼むことで予定を狂わせるのは間違っていると思う。

――ベルガモットさんに頼むしかない。彼の判断領域なんだもの。

思いきり走った。

やがて厨房へ到着する。ベルガモットの上背のある姿はどこにいてもすぐに分かる。

「ベルガモットさんっ、明日の夜会のために栗を分けていただけませんか？ 出すのは栗羊羹にしますっ」

かなり大きな声になったので、厨房で忙しく働く料理人たちの目が、出入り口に立つメグミへと一斉に集まる。

ベルガモットは、珍しいくらいの怒りの表情でつかつかとメグミに近寄ると言った。

「いま何をやっているのか分からないのか！」

晩餐の準備中だった。すぐに、もっと忙しくなる。はぁはぁと息を荒くしていたメグミは、深く腰を折る。

「申し訳ありませんっ」

「晩餐が終了したころに、第二調理場へ来い」

「はい」

彼女はその場から離れて、来たときとは違う力ない足取りで第二調理場へ向かった。部屋へ戻って晩餐が終わるまでそこで待つ気持ちにはなれない。

一刻も早く栗の調達をしたい。しかし、いまから大通りの店へ行っても、まとまった量を手に入れられるとは思えなかった。王城で仕入れた栗を分けてもらうしかない。

第二調理場は、今夜は使用される予定はなく、誰もいない。こちらに配置されている料理人はベルガモットの指示で、先ほどのもっとも大きな第一厨房にいるのだろう。

調理台を前に、壁に立てかけてあった簡易椅子を出して座ると、どういう手順で栗羊羹を作ってゆくかを頭の中で構成しながらじっと待った。

どれほど過ぎたのか。窓の外が真っ暗になってさらに夜も更けてから、ベルガモットがやって来た。後ろに従えた三人の料理人が、それぞれ栗が入った袋を抱えている。かなりの量だ。

すぐに立ち上がったメグミに、ベルガモットが硬い調子で言う。

「明日使う分だ。料理に入れるためにいまから皮を剥く予定だった。お前がひとりで全部剥いたら、少し分けてやろう」

すぐ隣にいた者が驚いたようにして声を出す。

「ひとりで？　これ全部ですか？　俺たち三人でやる予定なんですが。メグミひとりでは朝までかかってもできるかどうか」

「黙れ。私がそう決めた」

厨房における料理長の言葉は絶対だ。とくに実力を持った者には逆らいがたい縦社会だった。メグミの場合が特殊なだけで、当然のように、下につく料理人たちの人事権も一手に握っている。

「外の皮も、渋皮も全部だ。ナイフを使いたかったら、使用を許可する。明日のシチューやケーキに使う。朝までに仕上げろ。それができたら、手でつかめる分を回す」

メグミは高い位置にあるベルガモットの目を見つめて、揺らぎのない声で返事をした。

「やります」

ほかに選択肢はない。

大量の栗をテーブルに置いて、ひとつずつ丁寧に剥いてゆく。終わったものは大きなボウルに溜めた水の中に入れる。そうしないと色が変わってしまうからだ。あく抜きにもなる。

目の前の栗の山は、なかなか減らない。それでも、メグミは黙々と作業をしてゆく。

冬の作業は暖房なしでは寒い。調理場の暖房は広い室内の隅にある小さなストーブひとつしかなかった。調理をしている間は、暖房などさほど必要としないし、たまに下拵えで残る者がいる場合にのみ、火を入れる。

自分ひとりのために暖房を使うのは躊躇われたので、部屋へ行ってカーディガンとコートを着込み、ショールと膝かけを持ってきて包まる。

コートは小豆を撤かれた日にコンラートがかけてくれたものだ。あまりに上質なので自分で洗濯や手入れができず、次の日、埃だけは払った状態で侍従長のところへ返しに行ったら、『それはもうあなたが使いなさい』とあっさり言われてしまった。『陛下があなたにお渡しになったときからあなたのものです』だそうだ。

それがいまこれほど役に立つとは、コンラートは本当に彼女を助けて守ってくれる人だ。

丸くなるほど着込んで夢中になっていると、突然出入り口の扉が開く音がした。顔を上げればコンラートがいる。

「陛下……？」

メグミは非常に驚いて、夢でも見ているのではないかと上から下まで彼をじっくり眺めた。

ベッドに入る直前に抜け出してきたのか、客の前へ出るような衣服ではなく、茶色のコートを着用している。ズボンは穿いていて、バランスの悪いことに首にマフラーのようなものを巻いていた。まるでコランの姿と国王姿を合体させた感じだ。

コートの下は何を着ているのか分からない。貴族はベッドへ入って眠るときに、冬でも何も着ないというが、まさかコートの下はなにも着ていない……わけはないだろう。寒いから。

「王城の中は、陛下の腹の中みたいなものですか。こんなところへいきなりいらっしゃるなんて」

「氷漬けになっているかと思って急いで来た。大丈夫なようだな」

「はい。大丈夫です。陛下。夜中ですよ。お休みにならないと。今夜は晩餐もそれほど遅くなっていないはずです。明日のために」

さすがにここは注意を促した。しかし、コンラートはあっさり彼女の忠告を振り落とす。

「手伝う」

メグミは、数人で作業ができる広く頑丈な調理台の端に座っていた。角を挟んだ隣に椅子を持ってきて座るコンラートへ、彼女は呆れたような視線を向ける。

「手伝いはいりません。これは私の仕事です。手伝ってもらうのは反則になります」

それも国王に。ほかに知れたらどういう噂になることか。

第一ベルガモットは『ひとり』と言った。ここで手伝ってもらったのでは、高い位置にある鳶色の眼を薄く細めて、きっと軽蔑のまなざしを投げてくるに違いない。

「少しだけだ」

彼は山となった栗に手を伸ばしてきたが、メグミはくっとにらんで怒る。この段階で、コンラートが国王ということは、寒くて意識から滑り落ちていたかもしれない。

「私の仕事を取り上げないでください。陛下には、国王という大切なお仕事があるではありませんか。明日は他国の賓客をたくさん出迎えねばならないのでしょう？　昼頃には気の早い客人たちが来ると聞いています」

「ひと晩くらいの睡眠不足で弱るような身体の鍛え方はしていないぞ」

「いまは、眠るのが陛下のお仕事です」

その後は、しっかり口を噤んで黙々と栗の皮むきを続けてゆく。

コンラートは『頑固だな』と呟いて、しぶしぶ引き下がった。椅子を片付けて、第二調理場から出てゆく。

「無理はするなよ」

最後のひと言には笑って返した。心配してもらえるのはありがたいことだ。

ひとつまたひとつ。寒いうえ手袋をしているわけではないので手先が荒れてくる。しかしやめない。

そうしていつの間にか窓の外が白々と明けてきた。水を張ったボウルは既に五個になっていた。

「これが、最後」

ランプの下でやっていたので、周囲が明るくなるとかえって視界がちらついた。ぱちぱちと瞬きを繰り返して最後の栗を剥き終える。

「終わったー……。あー、ねむ」

集中している間は襲ってこなかった眠気が急速にやって来て、メグミは机の上に伏せた。瞬く間に眠ってしまう。

太陽が昇れば、朝の点検も兼ねてベルガモットがやって来る。

ゆさゆさと肩を揺すられて上半身を起こすと、昨夜栗を運んできた三人とベルガモットがいた。もしもできあがっていなければ三人がすることになっていたのだろう。

「おはようございます。ベルガモットさん。できました」

ここは弾んだ声になっても仕方がないと思う。

黙って彼女を見たベルガモットは、水に浸していたものを一つひとつ調べてゆく。

そして、いくつかを避けた。

「これはやり直しだ。形が悪いのと、皮が剥けきっていない」

「……はい」

ダメだった。ガックリと肩を落とす。

「やり直し分は、お前が使用する分とする」

はっとして顔を上げ、避けられた剥き栗を眺める。

「手で掴むより多いのですが」

「それがどうした」

ベルガモットはそれ以上何も言わずに、メグミが剥いた栗をほかの者に渡して夜会の食事やデザートのための準備を指示した。栗剥きのために来ていた三人が、メグミの肩を順に軽く叩いてゆく。

彼らからの言葉はない。しかし認めてくれたのを感じた。目頭が熱くなるが、やるべきことは山積みだ。自分に配分された栗に手を伸ばして、綺麗にしてゆく。

——両手ですくってもまだ余るほど、ある。

嬉し涙をにじませた瞳で別の料理人と話しているベルガモットを見つめれば、彼はメグミへ目を向けずに言う。

「お前が作った豆大福。うまかったぞ。初めての味で、衝撃を受けた。栗羊羹というものも食べてみたい。最高のものを望んでいる」

ベルガモットは忙しそうに彼女の視界の中から立ち去った。

「ありがとうございます」

感謝の言葉は間に合ううちに届けられなかったが、それでも言わずにはいられない。

メグミは目の前の栗を急いで水に浸した。それを持って第一厨房へ移動する。今日の主戦場はこちらだ。

まずは栗を甘煮にする。いわゆる甘露煮だ。栗を使うときに蜜も必要とするので大事に作る。

次はこしあんだ。大量に必要だからかなり大変だが、そこは絶対に手を抜けない。

そのほか必要とするのは小麦粉、そして葛粉。葛粉はテツジが苦労して粉屋で作ってもらっていた。

こしあんを作って小麦粉と葛粉を練り混ぜ、栗を入れて蜜で調整する。

後は蒸してゆく。テッシバが異世界へトリップしたとき、作業場も一緒で本当によかったと思う。とくに和せいろは、ほかの料理人が見に来るほど珍しいものだった。

今回は、作る量が多いので和せいろを特別にいくつも作ってもらっている。竈も彼女用に数個あった。これでどんどん進めれる。

あんこを練っていると額に汗がにじみ、眠っていない影響で力が抜けそうになるが、そうも言っていられない。

最後は冷まさなければならないことを考えれば、どうしても早い時間に作り終える必要があった。

冬なのは幸いだ。冷たいところに置いておけばすぐに冷める。

そうして栗羊羹ができあがる。一本だけ包丁を入れて切ってみる。たくさん詰まった栗の黄色が、赤味を帯びた濃い茶色をしている羊羹の中で存在を主張していてとても雅だ。

――これなら上出来だよね。でも料理長のティラミスもきっと素晴らしい出来になっているはず。

ベルガモットは、グレイ公爵という後ろ盾のお蔭で料理長になったと揶揄（やゆ）されることもあるが、実力があればこそだとメグミは思っている。彼の作る料理は最高においしく、しかも見た目が、どこの芸術品かと思うほど整っていて美しかった。

——勝つ必要はないし、勝てるとも思わない。栗がほこっとして歯ごたえがあると感じてもらえたら、それだけで私はきっとすごく満たされる。

和菓子職人としては、ティラミスもおいしいけどこの栗羊羹もね、と思ってもらえれば十分だ。記憶に残り、他国でも和菓子のことが話題に出るなら、コンラートが力を入れている小豆栽培の後押しにもなる。

そして夜会が始まった。

貴族のご令嬢たちのドレスは素晴らしい。他国から招かれた賓客の中には見たことのない珍しい衣装をまとっている人もいる。つまり、それだけ遠くから来ているということだ。

繋がっている大広間が三つ開放されて、オーケストラが曲を奏で続ける。

いくつもの丸いテーブルが用意されて、その上にレースのクロスが敷かれ、ここぞとばかりに手を尽くした料理が並べられている。

小皿にとってフォークやスプーンで好きなものを食べる立食形式だ。たくさんの人たちの間を給仕が魔法のような足取りで縫って歩き、片手に載せた盆の上にある最高級の酒を注いだグラスを人々に手渡している。

華やかな夜会。メグミは厨房でドキドキしながら追加注文が来るのを待っていた。

しかし、誰も来ない。

——あれ？　どうしてかな。ひと切れもなくならないなんてこと、あるのかしら。

それほど長い時間待っているわけではなかったが、気持ちがものすごく焦った。とくに、ベルガモットのティラミスの追加が出てゆくのを見ていると。こうしてじっとしている自分があまりにも場違いに感じてしまう。

粒あんを入れた生菓子も出していた。そちらは、一個ずつ手で細工をするのでたくさんできないから、最初から注文は受けないことになっている。空いた場所には、ケーキが入る。テーブルの上が空くと貧相になるからだ。

たくさん作った栗羊羹はまだ十分手元に残っていた。どうなっているのだろう。

——どうしてかな。誰も食べないなんてこと、ないよね？

いたたまれない。料理も不足してくると厨房から運ばれるので、誰も彼もが忙しそうだ。そして通り過ぎるときに、ちらりとメグミを見てゆく。

堪らなくなったメグミは、大広間へ行って覗いてみることにした。

彼女は料理人たちと同じ衣服を着ている。長い黒髪はひとつに括って頭の後ろだ。そういう者がうろうろしてはいけないと分かっていたが、どうしても様子が知りたかった。

大広間の隅には台座に載った大きな花瓶があり、豪華な花が大量に飾られている。その後ろに隠れながら、メインデザートのテーブルをそっと覗き見た。

ひと際大きな丸いテーブルには、中央に花が盛られ、周囲に菓子がたくさん置いてある。金箔の載ったティラミスが大皿に盛られ、隣に、幅に注意して切った栗羊羹が三列に並んで大きな長方形の皿の上に置かれている。どちらもずいぶんな量だ。

デザートのテーブルはほかにもあって、そちらにも栗羊羹は配置されているが、デザートのメインテーブルはここだ。始まる前にセッティングを見に来ているから間違いはなく、このテーブルの様子でほかの状態も分かるというものだ。

栗羊羹の周囲には、メグミがかなり凝った生菓子を添えたが、それらはすべてなくなっていた。しかし羊羹は残っている。

ティラミスはどんどん小皿に取られてなくなってゆくのに、誰も栗羊羹に手を出さない。珍しげに見るだけだ。

――初めてのものだから？　味を想像できなくて口に入れるのを用心してしまうの

かな。誰かひとりでも手に取ってくれたら。

気持ちがぎりぎりと追いつめられた。

「あらぁ、これって栗かしら」

若い女性の声がする。

柱の陰からそっと見れば、ローズベルが羊羹をひと切れフォークに刺して皿に取るところだった。

隙のない完璧さで朱色のドレスをまとうローズベルは、若く美しく、ブロンドの巻き毛が輝かしく背中に舞う。女神と見紛うほどだ。メグミの大福やみたらしをおいしいと言ってくれたジリンの娘は、栗羊羹をパクリと食べた。

「やっぱり栗だわ。ほっくりする歯ごたえがとても上品ね」

それを合図に、次々と手が伸ばされてゆく。

「本当に栗ですわ。この周りを包むものは何ですの。もっちりとして甘いわね」

「カードが置いてありますね。栗羊羹ですって。あんこというものが使ってあるそうですよ。この黒っぽいのがあんこでしょうか?」

ローズベルがまた羊羹に手を伸ばす。

「なんだかホッとするわね。栗もいいけど、あんこおいしい」

「ローズベル様はあまり甘いものは食されませんでしたのに」

「あらぁ、そうだったかしら」

女性たちの華やいだ会話は、漣のようにして伝播してゆく。お菓子を間に入れるとさらに弾んだ会話が広がった。一度でも戸口が開かれれば、珍しいものに引き寄せられてくる者もいて、たくさんの手が栗羊羹に伸ばされてゆく。

――ローズベル様。ありがとうございます。

涙が出そうになるのを抑えて、メグミは厨房へ戻った。

そして注文がくる。堰を切ったようにしてどんどん出て行った。

ところが、宴もたけなわとなり、これから最高潮といったところで在庫が尽きた。

夜会の終了までまだ時間があるというのに、栗羊羹の場所が空いてしまう。テーブルに空きができるのは、かなり寂しい。

「なくなったのか?」

注文が来ても出せないのを見たベルガモットがメグミに聞いてくる。

「ほかのものをすぐに考えます」

「できなければ、別な品を私が考えて出す」

「はい」

彼は責任者だから当然の判断だ。それでもメグミに次を考える隙間時間をくれた。

――白玉粉で白玉を作って、抹茶でシロップを作る。粒あんを加えて……。

すぐに始める。白玉粉を練って茹でる。抹茶を瓶から出して緑色のシロップにする。粒あんを加えて一旦小さな皿に載せてみた。

――だめだわ。色合いが地味だ。

周囲を見回して、何かないかと目で捜したメグミは、ベルガモットが使っている作業台の上の大皿に、山盛りになった赤い果物を見つける。

――ラズベリー？　……違う。季節を考えれば、苺じゃないかしら。小さいけど、あの赤味。しっかり熟しているわね。

近寄ると、ベルガモットが近くの料理人を集めて、なぜいまの段階でここに山盛りになった苺があるのかという説明をするところだった。

「隣国の王太子の土産だそうだ。陛下が、食べられるようにしてすぐに出せと仰せになった。このまま出しても芸がない。これを今から見栄えを整えたデザートにして、テーブルに出す。メグミ、いいな？」

「……」

栗羊羹が置いてあった場所に出すということだ。すぐに返事ができなかった。

わらわらと集まった料理人たちが驚いた顔でベルガモットに訊く。

「え、いまから作るんですか？」

「そうだ」

メグミは赤い山盛りの苺から目が離せない。

――苺。そう、そうよ。これだ。

ベルガモットの正面に立ったメグミは提案する。

「抹茶パフェはどうでしょうか。あんことクリームと抹茶シロップ。そして苺を載せれば形は整います」

「パフェ？　なんだそれは」

「あ、あの、故国のデザートで、背の高いグラスに果物やクリームを入れたものです。あんこを加えて抹茶シロップを掛ければ和菓子風味でいけます」

ベルガモットはすぐに概要を理解した様子で、さらに訊いてきた。

「抹茶シロップとはなんだ？」

つい先ほど作った抹茶シロップをベルガモットに見せる。

「緑か……！　シロップという限りは甘いんだな」

「はい。赤い苺がきっとすごく目立ちます。あんこも使えます。粒あんです」

色合いはたぶん問題ないだろう。あとは容器を何にするかだ。それはベルガモットが即断した。

「カクテルグラスを使う。今から食べるのにそれくらいが適量だろう。ほかに加えられそうなものは……」

「白玉があります。白玉粉から作ったもので、白玉粉はもち米から……」

「完成形をひとつ作れ。それで決める」

細かな説明などいまは用無しだったらしい。メグミはすぐに円錐を逆さにした形のグラス――カクテルグラスに、クリームと白玉、粒あんを入れ、抹茶シロップを掛けてから半分に切った苺を載せた。

縦半分にした苺は、もちろん赤い部分を外側にして載せる。

グラスが小さいので、たとえば寒天があったとしても載せられなかっただろう。それに、夜会で出されている最高級料理を食べた人たちには、これくらいがちょうどいい量と味になるに違いない。

メグミは、ほかの料理の指示を出しに行ったベルガモットのところへすぐさま持ってゆく。彼はまず形を見て、差し出されたフォークで一気に食べた。

「粒あんが利いているな。苺の酸味によく合う。珍しい組み合わせだ」

「和洋折衷ですっ」

少々興奮しているのかもしれない。つい意気込んでしまった。

「ワヨウセッチュウ？　メグミはときどき理解しがたい言葉を使うな。美しくてうまい。これの名は〝抹茶パフェ〟でいく」

「はい」

名前は大切だ。客人に『苺を使っているこれは何だ』と訊かれても答えることができるし、今後内部でもこの名で統一することになる。

元の世界には、苺大福という和菓子もある。大福ならこしあんを使うが、パフェにするなら粒あんだろう。酸味と粒あんが絶妙にそれぞれ生きると思う。そこへ抹茶シロップだ。白玉がシロップでつるんとのど越しよく食べられるはず。

「このスピードならすぐに出してゆけるな」

「できているシロップで作って出して、その間に次をセットしていきます。でもそんなに数が必要でしょうか」

白玉粉や抹茶シロップ、それに生菓子用に作った粒あんでメグミはパフェというよりあんみつに近いものを意識していた。いまは手元に寒天がなく、地味だと感じた色合いの問題で中途になりそうだったのだ。けれど、苺があるならいける。

これで栗羊羹の場所へ置けば、穴が空いた感じにはならない。

──しかも、粒あんが。小豆を推せる。

「メグミ、作れ。できあがり次第、すぐに出してゆく。そうだな、まず五個だ。私はそれを持って、陛下とお客人のところへ行く」

ベルガモットはすぐ近くで肉料理の皿に野菜を添えていた三人と、肉料理を運ぶ役をしていたふたりを近くへ呼んで指示を出す。

「お前たち五人でメグミの補佐をしろ。メグミが指揮を執れ。私は料理のほうから手が離せない。グラスは空いた分からすぐに下げて持ってくるよう給仕頭に言っておく。メグミ。できるな」

「はいっ」

腹に力が入った返事になった。踵を返した彼女が、五個作ってベルガモットに渡せば彼は直ちに動き出す。最後に振り返ってメグミに言った。

「グラスにセットするのは、メグミがやれ。お前の繊細な細工をする手で、最後の仕上げをするんだ。いいな」

返事も待たずに、ベルガモットは厨房を出て大広間へ向かった。

──繊細な細工？　練りきりのことかな。これって褒めてもらったと思うけど、あんな難しい顔で、上から睨むように言われると怒られているみたい。

ベルガモットは、もしかしたら怖い人というよりは無器用な人かもしれない。

「メグミ。何から始めるんだ？」

「あ、はい。あのね」

メグミはどういう順序で数を作ってゆくかを頭の中で手順を構成する。それを彼女の指示待ちになった五人に説明していった。

「粉を練って白玉を茹でます。最初だけやって見せるから覚えて。抹茶シロップは大量に作るとうまく溶けないから、溶け具合を見て砂糖と抹茶を合わせてゆきます。それも最初にやるから。そのふたつは冷まさなくちゃいけないの。ボウルを水桶に……」

ふたりでできそうなところはふたりに、ひとりでしかできないところはその人に言う。残った人には苺を半分に切ってほしいとお願いした。

グラスが作業台の上に並べられる。メグミは白玉、クリーム、粒あんと載せてシロップをかけ、最後に苺を飾っていった。できあがるとすぐに給仕が持ってゆく。

次のグラスが並べられて、彼女はそれにセットしてゆく。

急ぐと乱れがちになりそうなところだが、己を宥め集中力を切らさないようにする。

集中は時間が過ぎるとさらに上がり、ほかの者が作っている白玉などに対しても、『きちんと冷まして』という注意を飛ばせるほどになった。

――どうかしら。食べてもらえている？

様子を見に行く暇がないが、どんどん運ばれてゆくし、別なところで洗われたグラスがコンベアのラインに載せられたかのようにしてこちらへ来るから、きっと大丈夫だろう。

瞬きを忘れるほど、無我夢中で仕上げていった。


そうして、ポンと肩を叩かれて顔を上げると、五人のうち三人がダウンしていた。肩を叩いたのはベルガモットだ。

「終わった。客人は大広間から退出を始めたぞ」

彼を見上げたメグミは、呆けた顔をしていたようだ。

「苺を持ってきた隣国の王太子が大変喜んでいた。〝あんこ〟とはなんだと陛下に聞いていたぞ。目的が少しは達成できたな」

当然のように、ベルガモットはコンラートの狙いを汲み取っていた。

それでもティラミスをぶつけてきたのは、彼の後ろ盾のグレイ公爵の意志には逆らえなかったからだ。グレイ公爵はコンラートの邪魔をしたいのだろうか。それともメグミのことがひたすら目障りなだけだろうか。

——ジリン様と敵対しているんだったっけ？

メグミとしては栗羊羹もパフェも多くの人に食してもらえたし、あんこも認知されたようで、嬉しい。それに尽きる夜会だった。

厨房の責任者として疲労は相当なものだと思うのに、微塵も外に出さず、ベルガモットは料理長の顔で彼女に指示する。

「メグミは後片付けから外す。部屋へ戻ってもう寝ろ」

「でも、厨房を」

大広間の片付けは、下僕や給仕や下女中も合せた大人数で行なう。厨房は料理人がやることになっている。

「昨日はほとんど寝ていないのだろう？　無理はするな。見ろ、片付けができない者は休ませるしかない。お前もな。ふらついている者は邪魔だ」

戦場のようだった厨房の隅には、座り込んだ者までいる。これでは片付けの邪魔になってしまうから、もう休めと言われるのもあたり前だ。何もない床で躓きそうなメグミも、掃除の邪魔になる。

メグミは最後に、ベルガモットが持ってきてくれたワイングラスを彼とカチンと合わせて、その夜の終了を祝った。一気に飲んでしまえば頭の中が焼け付いて、もはや眠るしかない。

「お先に失礼します。おやすみなさい」

たどたどしくなんとか言い終えると、メグミはふらふらになって部屋へ戻った。

ベルガモットが今までになく彼女を優しげに見ていたのは気づいていない。


ばたんっとベッドに倒れ込むと、そこへローズベルがやって来る。メグミは沈没寸前だったが、彼女には助けてもらったという気持ちがあるので、なんとか瞼を持ち上げて見上げる。身体は、どれだけ叱咤しても起き上がらなかった。

「大広間では、ありがとう、ございました」

「覗いていたわね。知っているわよ。おいしかったから、そう言っただけ。ねぇ、メグミ。粒あんを使ったお菓子ってほかにないの？　もっと食べたいわ」

「ありま……す」

メグミは掠れた声で答える。ローズベルは豆大福も食べているはずなのにと考えつつ、やがて瞼も閉じてしまった。

「メグミ？　寝ちゃったの？　ね、栗羊羹を最初に食べたのは私じゃないのよ。陛下が最初なの。これは小豆からできたあんこが原料ですって言われて、大広間へ入場されてすぐにご自分で皿に載せて、大きくお口を開けて食べられたのよ」

「……」

眠りながらでも音は耳に入る。コンラートも食べてくれたというのは無意識の中でも分かった。

「でもね。陛下は小豆のためにそう言っているってお客様たちは考えるから動きが悪くてね。やっぱり菓子は女性を動かさないと。女たちを和菓子に誘うには、私のような者が一番だと思わない？　……メグミったら、ねぇ」

メグミは完全に寝入ってしまう。ローズベルはメグミと話すのを諦めて、足音を忍ばせつつ部屋を出て行った。

深い眠りの中でメグミは思う。

自分に場を与えてくれたコンラートに、栗を分けてくれたベルガモットに、助けてくれたローズベルに。

――ありがとうございました。

次の日の夕方になって、ようやく目が覚めたメグミはようようにして身を起こす。

――服、着たままだった。

夜会の終了と共に部屋へ戻って眠ったのは明け方近い。ローズベルがやって来て『粒あんがもっと欲しい』と言われたが、聞いているうちに眠ってしまった。五時間ほど熟睡しただろうか。その後もごろごろと夢うつつ状態になっているうちに、いつの間にか半日過ぎて既に夕方だ。

熟睡時間が短いのでしっかり休んだとは言えない状態だった。夜会の興奮がずっと残っていて、眠りにも影響したようだ。

——夕方……。え？　夕方なの？

時間をかけて認識する。

服を着替えて洗面を終え、走って厨房へ行けば、そこにいた面々に『おはよ、遅いよ』とからかい気味に挨拶をされた。とても珍しいことだった。いままでこんなふうに、自然に受け入れられたことがあっただろうか。

ベルガモットがやって来て、今日は休んでいいと言われた。

コンラートも、今夜は晩餐の形にはせず、自分の食卓の間で取るらしい。大勢の客の相手をして、彼も疲労したのかもしれない。

「メグミ、時間があるようなら、私に付き合ってくれないか？」

神妙な顔でベルガモットに言われて、メグミも神妙になって返す。

「それはかまいませんが、ベルガモットさんは休まなくてもいいのですか？」

「あれくらいは日常茶飯事だ」

彼のあとをついて行った先は、誰もいない第二調理場だった。ここにあまり人がいないのは、予備の調理場だからだろう。

作業台のところに椅子を設置して、それぞれに座ると、ベルガモットはメグミに謝罪をしてきた。

「いままで、ひどいことをしてすまなかった」

「？　ひどいことってなんですか」

座っていても高身長だから、結局メグミは見上げることになる。

言われても思い当たらないので虚を突かれた表情になった。ベルガモットは困ったようにして続ける。

「妬まれるのが分かっていて贔屓したことだ。潰すなどと言って、菓子作りを道具にした。すまない」

「贔屓って何を？　部屋のこととか、調理場の責任者と立場が同じとか？　そういうのは陛下からのご要望だったと聞きましたが」

「そうだが……。私の裁量に任せるとも言われていた」

コンラートが何かをしたというのは、下女中のアルマがちらりと言っていた。なんだかよく分からないが、仕事場でのメグミに対する敵対心が煽られると分かっていて、コンラートの意見に従ったということだろうか。

しかし、王城で働く者なら、国王には従うのが普通だろう。

「大体、優遇と言われても、ベルガモットさんはいつも厳しかったじゃないですか。潰せと言ったのは後見のグレイ公爵でベルガモットさんは真っ向勝負だって言われました。お蔭で栗羊羹を出せました。抹茶パフェまでできたんですよ。お礼の気持ちしかないです」

むぅっと黙ってしまったベルガモットに対してメグミはどういう態度を取ればいいのか分からない。視線をふわふわとあちらこちらに飛ばした。

「感謝、か。そう思ってくれるなら、私の気持ちも楽になる。……そうだ、いい機会だから、私のことを話しておこう」

ベルガモットは、自分は田舎の貧しい家の出だと話し始める。

年老いた両親と頭数の多い弟や妹のために、どうしても料理長になりたかった。だから何としてもグレイ公爵の後見が必要だったのだと言った。

料理長になればなったで、その後は郷里への仕送りのためや、思い通りに調理場を動かせる権威を捨てられなくて、この地位にしがみついてしまったのだと。

「料理人としての誇りを持っていても、自分の事情がグレイ公爵に逆らうのを許さなかった」

「……それではまるで、今度は逆らうと言っているみたいです」

ベルガモットは、それ以上何も言わず下を向いて静かに笑った。笑い顔を初めて見たように思えてメグミは驚く。

「手を出せ。指先が痛むんじゃないのか？　見せてみろ」

メグミは両手をテーブルの上に出して、手のひら側を上向きにすると指を曲げてその先をまず自分で眺める。ささくれ立って赤くなっていたが、寒いせいもある。

パカリと蓋を取ると、料理長の服のポケットから合わせ貝のような入れ物を出す。

ベルガモットは、油性分の多い白いクリームが入っていた。彼はそれを人差し指で掬い取るようにしてからメグミの手を持つと、彼女の指先にそのクリームを塗り込んでゆく。

「くすぐったいです」

「冬だからな。放置すると、割れてくるぞ。私たちは凍るような水にも手を浸す仕事をしている」

「そうですね。ありがとうございます」

——母さんみたい。

と、思ったのは内緒にした方がいいだろう。

「なぁ、メグミ。もしかしたら私は王城を出ることになるかもしれない」

「どうしてですか？　ベルガモットさんがいなくなったら、誰が料理長をやるんです。ベルガモットさんでなくては、とても切り盛りできないと思います。それに、メインディッシュは料理長の腕前があればこそ、いまの高いクオリティが保たれているのに」

この王城にベルガモットは必要だ。もっと言うなら、コンラートにとって必要な者に違いない。それなのに去ってしまうというのか。

詰め寄らんばかりの様相になったメグミの手を、彼の両手がそっと包んで握った。

「ん？」

何か奇妙な空気になっている。メグミが不思議そうにベルガモットの顔を見上げたとき、コンコンとノックの音がした。

「はいっ。どうぞ」

いきなりだったのでとても驚いたメグミは、ベルガモットの手を外して腰を上げた。

そして振り返る。

がらりと戸が開いて顔を覗かせたのは、見たことのある若い侍従だった。

「メグミさんですね。ジリン公爵閣下がお呼びです。仕事の手が空いていれば、すぐに来てほしいそうです」

「分かりました」

彼女はベルガモットへ顔を向け直す。ベルガモットはいつもの表情の薄い淡白な様子に戻っていた。先ほどの奇妙な雰囲気は何だったのだろうと心の中で首を傾げながら、メグミは「申し訳ないのですが、行ってもよろしいですか」と尋ねた。

「かまわない。話は終わった。公爵閣下のお呼びなのだから、すぐに行ったほうがいい」

「では失礼します」

ぺこりと一礼をして、メグミは第二調理場から出て行った。

調理場に残って座ったままのベルガモットは、ふぅと深い溜息を吐く。するとそこに、明るい女性の声が掛けられる。

「メグミの鈍さじゃ、『一緒に郷里へ行ってくれないか』と言わない限り、少しも通じないと思うわ」

開いている扉のところに立っていたのは、ブロンドの美女ローズベルだった。

見事なドレス捌きでベルガモットに近づく。

「聞いておられたのですか」

「待従がメグミを捜していたから、こちらへ連れてきたのよ。それだけ。そのうちまたチャレンジすればいいんじゃない？」

ベルガモットは静かに首を横に振る。

「タイミングを掴めず言い損なったということは、これが運命だからでしょう」

料理のときもタイミングは大切だ。最上のときに火を入れ、塩を振る。それができてこそ最上の料理ができあがる。彼は根っからの料理人だった。

ローズベルは、調理場の椅子に座る彼の前に立つ。こうすると、いくら背の高いベルガモットでも、貌の位置は彼女よりも低い。

「タイミングが運命……？　じゃ、誰もいないここで、私があなたの手を握って好きと言ったら、それは運命なの？　小さいころ王城で迷って泣いていた私にキャンディをくれたのは？　それも運命ってことね」

「は？」

それはどういう意味かと訊こうと思って顔を上に向けたベルガモットは、彼を見つめるローズベルと真正面から目を合わせることになった。

メグミがジリン公爵の居室へ行くと、風呂へ入るよう言われる。

「あの」

「私の言う通りにしなさい。私は公爵様だぞ」

「はぁ」

ジリン公爵には、母親を預かってもらった恩がある。しかも、彼女がいまこうして王城で働けるのも、ジリンが推挙してくれたからだ。

公爵の望みはできる限り叶えたいので言われた通りにする。

風呂から出れば、いく人かの侍女たちによってドレスを着付けられた。薄紅色のドレスは、透き通るようなはかない感じだ。髪はそのままストレートに流されたので、ドレスとの対比で黒が引き立つ。

首回りは開いていたが、そこに高価そうなネックレスが装着された。指輪にイヤリングも付けられ、顔には薄く化粧をされる。化粧など、とてつもなく久しぶりではないだろうか。料理人と同じで、菓子職人も、匂いのあるものや粉が落ちるようなものは厳禁だからだ。

動いてみなさいと言われて、裾を持ってどうにか数歩歩いた。ジリンの屋敷で晩餐に出たときと同じで、動くだけとはいえ茶道の経験が役に立つ。

「ふむ。これなら――」

ドレス姿のメグミをまじまじと眺めて、ジリンは満足げに頷いた。

「どういうことでしょうか」

「行ってきなさい。今夜は月が綺麗だ。おぉそうだ。外は寒いからマントを着てゆかねばな」

薄茶色の極上マントを肩からかけられた。ドレスの裾まであるのでかなり長い。

穏やかに微笑んだジリンが扉を指すと、いつの間にか開いていたそこに、廊下で待っていた若い侍従が頭を下げていた。

「どこへ行くのですか？」

「ついてゆけばいい」

侍従に先導されて居室から出てゆくメグミに、ジリンは行き先を教えてくれなかった。長々と廊下を歩いてゆく。一階へ下りてから庭へ出た。

夜の帳はすっかり下りていて、小道を歩くのが怖いが、侍従が持つ明かりがメグミを連れてゆく。冬の最中らしく相当寒いとはいえ、空は美しく夜の散歩も悪くない。

――別世界みたいね。あ、既にここが別世界だった。

小道には外灯があって真っ暗ではない。そしていきなり広い場所へ出た。

「あちらに見えるのが温室です。どうぞあそこへお出でください。私はここで失礼いたします」

「ちょっと待って」

止める声も空しく、侍従は去ってしまった。メグミは明かりが灯されている温室へ向かって歩く。外から見ても相当大きな温室だ。まっすぐ行けば入り口だったので、そこの戸を押して開くと、中へ向かって声を掛けた。

「こんばんは。どなたかいらっしゃいますか」

「俺だ」

奥から出てきたのは、王の衣服をまとったコンラートだった。これはなんとなく予想していた事態だ。メグミにドレスを着せるようジリンに依頼したのは彼だろうか。どういう意図があるのだろう。

「陛下。私をお呼び出しになったんですか？　どうしてこんな夜に、外でなんて。いつものように和菓子を注文してくだされば行きますのに」

中には温室らしいさまざまな植物が生息している。中心に道があるので、コンラートと一緒にそぞろ歩くことになった。

温室の中は明かりが多い。これでは外から丸見えだろう。木々があるので、ガラスに近づかなければ分からないかもしれないが。

「暖かいですね」

「天気がよかったからな。温室だから、昼間こもった熱がまだ下がらない。時間が遅くなるに従って、それなりに冷えてくる」

笑って答える彼は、いつもと少し違う雰囲気を醸し出していた。どこか緊張している感じがする。

「陛下?」

「ふたりでいるときは、今後コランと呼んでくれ。メグに陛下と言われるのは、あまり好きじゃない」

「ですが、誰が聞いているかもしれないのに」

彼は不敵な笑顔を彼女に見せてくる。

「黒獣王に文句を言う奴はいない」

それでいいのかと考えてしまう。

横長に建てられている温室の中央辺りで、丸く開けた場所が造ってあった。休憩のためなのか、隅にベンチがひとつある。

「暑いなら、マントは脱ぐか？　外へ出るときに、また羽織る必要があるが」

「そうですね。では」

するりと脱げるのはマントのいい点だ。彼女はそれを自分でベンチの背にかけようとしたが、コンラートが横から持って彼がかけた。そして彼女をしみじみと眺める。

メグミは少々恥ずかしくて目線を外すと地面を見た。

「元からメグは美しいと思っていたが、ドレス姿もまた絶品だな。とくに髪が、そのあたりでは見ないような黒で、まっすぐで、エキゾチックだぞ」

こういうふうに褒めるのは女性に対する礼儀だろうが、メグミには不要だ。

「コラン様。ご用は何でしょうか」

「そうだな。まずは踊るか」

「え？　ダンスはできません」

はっはは……と笑い声をあげたコンラートは、メグミの手を取って適度な形に組ませると、ワルツを踊り始める。曲はなくても、リードがうまければなんとなく踊れるのがワルツだ。

適当に回されていると、コンラートはそれで満足したのか、最後にベンチへ誘導してメグミに座るよう示した。軽いドレスは彼女がうまく捌けなくてもきちんと収まってくれる。

並んで腰をかけ、円形の場所とそれを囲う温室の植物を眺める。

「動くと温かくなるだろう？　メグならリードすれば踊れると思ったが、当たりだったな。元々足運びがとても綺麗だ」

「そうですか？　それで、ご用は？」

コンラートは深く溜息を吐く。

「こういう状況で、〝ご用〟はないだろう。もっとほかに訊きたいことはないのか」

「えーっと。そうだ。栗羊羹はいかがでしたか？」

乗り出すようにして、横に座るコンラートに身を寄せる。一瞬目を見開いて丸くした彼は、諦めたようにメグミへ視線を向けた。

「うまかった。栗のほっくりした感じと羊羹のもっちりした食感がよく合っていて、食べ応えがあったな。隣国の王太子が、『これはどうやって作っているのでしょうか』言うので、まずは原材料がほかにはないものだと説明した」

「そうですか。では小豆の名を知らしめたのですね」

「そうだな。まだ名前だけだ。どうやって使うのかというところで、あんこの話が出る。そこで、あんこはどうやって作るのかということになる。やはりメグには、あんこの作り方を、城内にも町中にも広めてもらわないといけないな」

「頑張ります」

意気込みのままに両手を拳にすると、コンラートは身をふたつ折りにして笑った。

「パフェもよかったぞ。あれはいろいろ組み合わせるだけだろうが、粒あんが目に見える形で外に出ているのがいい。味わいもよかった」

「そうですね。苺が目の前にあったので、できたようなものです」

「隣国は苺栽培に力を入れている。あれを売りたいんだろう。だが苺は季節によって出ない期間が長い。やはり小豆だ。日干しにして乾燥させれば日持ちもするだろう。お前がくれた宝石だな。この先どう活用するかは俺の腕次第というわけだ」

小豆の栽培にも力を入れる必要がある。

「毎年同じ土ではうまく育たないみたいですね。テツシバでは庭を三つに分けて使っています」

「そうか。では俺のほうも畑を広げて半分休ませながら続けることにしよう」

メグミは、小豆に名前を付けてはどうかと提案する。

商法や特許の定めがないこの異世界には、そういった考え方はないだろうが、名を付けることで万が一ほかで栽培されても、ヴェルムの小豆は違うものだと表示できる。

「小豆の栽培方法は極秘にしている。実際、育てて乾燥して、と半年以上かけるものだから、そう簡単に他国でやってゆけるとは思えないな。だが、名前か。いいかもしれない」

「ヴェルムの小豆ですから〝ヴェルム小豆〟はどうでしょうか。名前に産地を入れると、もう一度買おうというときに役立ちます」

「その通りだ。メグミは不思議だな。よくそういうことを思いつくものだ」

苦笑する。元の世界にあったというだけで、彼女が考え付いたわけではない。

——もしかしたら、元の世界に当たり前にあることが、こちらの世界では非常に役に立つのではないかしら。

ただの和菓子職人なのだから、電気にガスとかのインフラや、電気用品など技術面はどうしようもない。しかし、なんでもないことが妙案としてコンラートのためになるなら、機会がある限り考えてゆきたい。

「コラン様のお役に立てるなら嬉しいです」

コンラートはメグミをじっと見る。目を細めた感じがとても艶めかしくて、心臓がどきんっと鼓動を打った気がした。

「あの……」

「なぁ、メグ。お前には黒獣王に対する先入観がない。周りはいつも俺に怯えていて、何かを決めても『はい』としか返してこないし、結果が出ても評価はしない。よかったとも悪かったとも言わないんだぞ。無反応は一番たちが悪いと思わないか？」

メグミは黙ってしまう。先入観がないのはほかの世界から来たからであって、ヴェルム王国のことも黒獣王のことも知らなかった。けれどいまは知っている。知っているうえで、コンラートのやっていることはすごいと思う。

「メグが、水路の事業や、大通りの整備を褒めてくれて、嬉しかったぞ。補助金のこともだ。苦労した結果を認められるというのは、すばらしく心が充足する。俺はメグと話して初めてそれを味わった。自分を肯定できるというのはいいものだな」

「そうですね。私も作った和菓子をうまいと言ってもらえると本当に満たされます」

コンラートは笑って彼女を見る。

「メグはいつも和菓子のことばかり考えているんだな。まぁいい。お前のそういうところが好きなんだから」

——好き？

再びどきんっと心臓が跳ねる。

そこで『くしゃん』とくしゃみが出たのは、誓って言うがわざとではない。ドレスの首回りが開いているし、袖の先にレースがたっぷりあって広がっていたから冷気が入ったようだ。

「寒くなって来たのか？　マントをかけてやる」

「自分で――」

手を浮かせたら、隣に座る彼に肩を掴まれて引き寄せられた。彼女の手はすとんっと膝の上に落ちる。コンラートはベンチの背もたれにかけていたマントを取って、彼女と、そして彼もいっしょにして羽織る。

ふたりでマントの中に入った感じになった。

――……温かい。

コンラートとくっついているところがとくに温まってきた。

「メグ……。俺は……お前のことが」

――温かいな……。

コンラートは以前からメグミに告白する機会を待っていた。しかし、なかなか巡ってこない。第一に、彼は忙しすぎる。

新年の夜会は非常に大切な催しだった。

戦いで明け暮れした近年の泥沼からもっとも早く立ち直るのはどの国になるのかと諸国で競っているような状態の中で、ヴェルム王国は安泰だと周囲に知らしめる場にするつもりで開催した。

そのために多くの国へ招待状を送り、迎え入れ、王都の繁栄を見せつける。この国には経済が伸びるための安定があると示す。

ほかにはないものがたくさんあるということも。例えば、小豆、そして和菓子、さらには醤油などだ。

メグミは彼の目的に大きな力を添えてくれる。

しかし、それと彼自身の気持ちは別なものだ。

コンラートの精神を満たすことができる存在。しかも、彼の甘いもの好きも満たせる。好きにならずにおられようか。

「……好きだ。何を置いてもお前を守りたい。好きだ。愛している」

彼女の肩を握った手に力を込める。もっと引き寄せてもっと強く抱きしめたい。

「メグ」

コンラートは自分の肩に凭れかかった彼女の顎に手を添える。そしてゆっくり顔を上向きにさせ、そして。彼はメグミの顔を凝視することになる。

「メグ……。おい、眠っているのか？　――いつからだ？」

起こそうとして、やめる。

「夜会の前の晩はほとんど徹夜で、夜会はすさまじく忙しかったと聞いたが、それでも今日は休んでいただろうに。疲れが取れなかったのか」

長い長い息を吐いた。

疲れている彼女を無理に起こしてまで自分の告白につき合わせるのか？

――否だ。

「戻るぞ。歩けないのか？　仕方がないな、運んでやる。ほら片方の腕を俺の首に回せ」

ベンチでくたりとしている彼女にマントを着せかけて前のボタンをひとつ留めると、薄目を開けたが反応しない彼女の手を掴んで誘導する。

ぐらんぐらんとしながら、彼の首の付け根にぐるりと自分の腕を回され手首を前へ持って来られたメグミは、コンラートの首元にこてりと頭をくっつけてまた目を閉じた。無防備な様子が可愛い。

彼は、腕だけを出した状態でマントに包まれた彼女の背中と膝の裏に自分の腕を入れて抱き上げた。軽そうなドレスでも裾には大量の布があり、コンラートがメグミを横抱きにして立つと棚引くほどだ。それでも、想像以上に軽い。

——メグミ自身が軽いんだな。ちゃんと食べているのか？

あとでベルガモットに確かめようと心に決める。

この重量なら、庭を突っ切って城の屋内まで運ぶのも容易い。黒獣王のふたつ名に反しないよう普段から身体を鍛えてきたが、こういう時にも役に立つ。

首の辺りからメグミの寝息が聞こえるので恐ろしく情感が高まるが、寒くなってきたし、先ほどくしゃみをしていたから早くベッドへ運んだほうがいいだろう。

——外で愛の囁きをするには、冬は不向きだったな。

ふたりで温まればいいと思ったのは、ただの妄想だった。

「動くなよ。落としてしまうぞ」

すると、メグミはぼんやりとした様子でも、少し顔を上げて、たどたどしい口調で言う。寝言なのかもしれない。

「分かりました。こらん、さま」

幼子のような声が彼を微笑ませた。眠りの淵を行ったり来たりしているようだ。

温室の外へ出ると寒さが迫ってきた。しかし両腕で湯たんぽを抱えているかのように温かい。マントで包(くる)んでいるから、城内へ入るまでの少しの間ならメグミも大丈夫だろう。

ゆっくり歩く。すると腕の中の彼女が呟いた。

「あのね、こらんさま。……わたし、イセカイから来たんですよ……」

ほろっと口から出たという感じだ。無意識だろう。コンラートは一瞬黙った。

――イセカイ。どこにある国の名前だろうか。地方名か？

彼の中には、異世界という言葉もなければ、概念もない。

「どこから来ようと、メグはいまここにいる。どこへ行こうと、お前は和菓子を作るんだろう？」

「……うん」

幼い声で幼い返事が返ってきた。

あとはもう、メグミは彼の胸にすっかり身を預けて熟睡したようだ。

「メグ。月が笑っているぞ」

夜空には月、両腕で愛する人を抱き上げて、一歩ずつでも前へ進む。

コンラートは、己の心が満たされるのを感じながら歩き続けた。


朝は必ずやって来る。

メグミはコンラートに横抱きにされて部屋へ戻ってきたのをおぼろげに思い出し、ベッドの上をごろんごろんと転がる。恥ずかしい。まるで子供だ。しかも相手は国王陛下ではないか。

――何を話していたんだっけ。和菓子のこと？　小豆に名前を付けるとか？　すべて思い出せなくて、ものすごく不安になった。

――大事なことを聞きそびれていたりして……。

抱っこされて、の一点がものすごく衝撃的で、ほかのことは霞んでしまっていた。

――そのうち思い出せたらいいんだけど。

彼女は、ジリンのところでドレスを脱がしてもらったことも、そのあとコンラートが部屋までメグミを運んだことも覚えていなかった。

――ほかのこと、ほかに何か。……あんこの作り方を教えるんだったかしら。

結局、思い出したのは和菓子に関することばかりだった。

それから一か月過ぎる。

メグミは城内の料理人たちにあんこの作り方を伝授した。もちろん、そういうものは好きではありませんと言う者もいた。好きでなければ仕方がないとその者は外れてもらう。それでもたいそうな数の人員が残ったので、教えがいがあった。

あんこを作るには、手間暇かける方法もあれば、鍋ひとつで簡単にするやり方もある。自分がもっともやりやすい方法でいいと思う。

『自分の味ができれば、その方法を続けてゆくの。そうすることで同じあんこでも独自性が生まれるから』

和菓子をいきなり伝えようとしてもうまくいかない場合が多い。だから、白玉粉を練って、茹でて白玉を作り、そこにあんこを混ぜて食べることや、もち粉を練って蒸してからあんこを付けたりと実演をして見せた。

小豆は豆屋が売り始めたと聞いた。大通りの店屋へ行く人が増えたというから、それなりに成功しているのだろう。

コンラートのほうも、少量しか残っていないらしいのがとても惜しい感じだが、今年の五月に植えれば秋には収穫できる。

コンラートには、王都で春祭りがあるから、そこで町の者たちにもあんこを広めてほしいと言われる。

『あんこ作りの実演は、お前が教えた王城の料理人たちにやらせよう。メグはとにかく、簡単でおいしく食べられるものを出してくれ』

『はい。考えます』

春祭りまでは、まだ二か月近くある。考えよう。

——少しでもあなたの役に立てるなら。

コンラートのあの精悍な顔を思い浮かべると、ドキドキと鼓動が早くなる。それは誰にも言っていない。身分違いだけはどう考えても超えられない壁だったからだ。


小豆事業が少しずつ動いてゆくことで、明るい未来を髣髴(ほうふつ)とさせる。

けれど光射す陰には暗い闇が巣食うものだ。例えば、春祭りの話で盛り上がる一方で、王城の一室では暗い謀が囁かれたりする。

ベルガモットが、後見役のグレイ公爵に、「もう後押しはしない」と言われたのもその部屋だった。

「理由をお聞きしてもよろしいですか」

「あの娘を叩き潰せなかっただろうが」

「メグミの作る和菓子は、この国にはないものでした。彼女の菓子作りに対する真剣さも、できあがる和菓子も素晴らしいものです。ヴェルム王国への貢献も期待できます。私情で潰すのはあまりにも惜しいと思われませんか？」

グレイの居室に呼び出されたベルガモットは、ソファに座る公爵に向かって、いままでになく強く主張した。しかしそれが余計にグレイを苛立たせる。

「たかが菓子職人ではないか。何が国に貢献だ。あのような者が、大きな顔をして王城を走るのを見るのはもうたくさんだ。しかもあの娘は陛下のお気に入りで、ジリンが後見なのだぞ。いずれジリンが養女に迎えて、陛下との婚姻を唱えるようになる」

「まさか」

「政争とはそうしたものだと分からんのか。もう、いい。私の命令が聞けないなら、お前は用なしだ。近い内に罷免の辞令を出してやる。春には職を失うと思え」

ベルガモットは無言で頭を下げて、グレイの部屋を退出した。

その部屋にはもうひとりいた。アルマだ。

「アルマ。お前はもっとやれるな。あの小娘を城から追い払え」

奥のほうから出てきたアルマは、グレイの前に立つと頭を下げる。

「ですが陛下のお気に入りなので、手が出しにくいのです」

「自分から出てゆくように仕向けろ。そうだな、何か大切にしているものがあれば壊してしまえ。痛めつけるんだ。なにかないのか？」

「……そういえば、板に描いた絵をとても大事にしていました」

絵にしか見えない。板に描いてあり、巨匠の作とも思われないし売るほどの価値も見いだせない。

「では、それだ。できるな」

「もちろんできます。実行しますから、グレイ様。お約束をお忘れなく」

「弟か。あの娘がいなくなれば菓子職人の席がひとつ空く。お前の弟を推挙してやればいいのだろう？　案外、ベルガモットの後任も取れるかもしれんぞ」

ベルガモットは料理長だから、新人にその役目が回るわけがない。それでもアルマはその言葉にすがりたかった。絞り出すような声で訴える。

「弟は、メグミが受かった試験の最終三回目で落とされて、絶望したあげく家から一歩も出なくなってしまいました。でも公爵閣下がひき上げてくだされば、きっと立ち直れます」

「ふむ。そうだな。弟のためにも、やれ」

アルマはグレイに礼を執ってからその居室から出た。廊下を歩きながら弟の顔を思い浮かべる。

早くに両親が亡くなって以来、ふたりきりで生きてきた。弟がパティシエになりたいと言ったので、アルマはひたすら働いて支えた。

弟をなんとかしてやりたいと願う姉の心情を、グレイに利用されているのは分かっていても、ほかに方法が見つからない。

「やるわ」

言葉にするのは決心を鈍らせないためだ。

午餐で和菓子を提供してから一旦部屋へ戻ってきたメグミは、廊下の窓の外に見える中庭を上から眺める。気のせいか、木々に新しい芽が見えたように思った。

——もうすぐ、父さんの一周忌……。

日々が過ぎてゆくのが早い。

——テッシバの様子を見に行きたいな。

年末の掃除のときに行ったきりだ。あの店は彼女が守るべきものなのに、このところすっかり放置してしまっている。

部屋へ入ると、ふと違和感を覚えた。ぐるりと見回せば、あるべきものがない。

——位牌が……！

真っ青になったメグミは、我を忘れて部屋の中を探し始めた。

第五章　春祭り「あんトースト」

――ない。どうして。どこにもないっ。

もしかしたら掃除をしているアルマがどこかに片付けたかもしれないと思い、下女中の居住する棟へ行こうとドアを開けて廊下へ出る。

「メグミさん。血相変えてどうしました」

箒を持ったアルマがこちらへ歩いてくるところだった。メグミは走り寄って彼女の目の前に立つと勢い込んで尋ねる。

「絵が描いてあった板は？　触らないでほしいと頼んだあれを、どこかへ持って行ったの？」

「あぁ、あれですか。申し訳ないのですが、掃除をしている間に汚してしまいまして。これは捨てたほうがいいと思ったんです」

「捨てた……っ！」

個人の持ち物だとはっきりしているのに勝手に捨てるのは、下女中の仕事では違反事項だろうに、当たり前のように言いのけた。

メグミは激しく動揺してさらに訊く。

「どこに。どこに捨てたの？」

「ゴミとして焼却場に」

息を詰めてアルマを凝視する。感情の高ぶりで両目に雫が溜まった。

アルマはさすがに拙いと思ったのか、「ただの絵ではないのですか」と聞いてくる。

「両親の名前が書いてあったの。絵じゃないの。私の故国の字なのよ、あれは」

「名前……！　親の？」

目を見開いたアルマの顔が見る見る蒼ざめてゆく。彼女はいきなり謝り始めた。

「ごめんなさい、ごめんなさい。まさか親の名だなんて思わなくて……っ、申し訳ありませんっ。私、なんてことを……っ」

「どこの焼却場？」

「北側の、一番大きな……」

そこまで耳に入れたメグミは、アルマのことは放置して駆けてゆく。

――父さんっ、母さんっ。

走って走って、城の北側の一階から外へ出る。横長の広場になっているところには、木くずや材木など、大きなごみも集められていた。その横手に、煙突の突きだした鉄製の焼却炉が三基並んでいる。

急いでそこへ近寄ると、上の蓋を開けようした。そこで後ろから結構な年齢の者が駆け寄ってきて、強い力で止めにくる。この場所の責任者だ。

「触ってはいかん。蓋はまだ熱いんだ。手が火傷する」

「だって、位牌が、燃えてしまっ……」

「朝の分はもう灰か炭だよ。あんたいつも廊下を走っている菓子職人のメグミだね？　待ちなさい。開けてみるから」

大きな蓋が鉄の棒で開けられると、まだ熱を持った黒い灰が舞いあがる。形ある物はなにもないのが見て取れた。メグミは茫然と立ち尽くす。

舞い上がった灰が下りてくる。思わず両手を開いてそれを受けとめた。

黒い欠片のような灰が手の上にいくつも降りかかり、彼女がそれを握りしめると、粉々に砕けてゆく。

「あ……あああ……」

握りしめた両手で顔を覆う。

「大丈夫かね？　今朝の分は全部燃やしたから、こちらへ持ち込まれた物は何も残ってないんだよ……」

すまなそうに言われる。メグミはガクリと土の上に両膝を突いた。

「……」

声も出ない。涙がこぼれるわけでもなく、心が霧散してしまいそうになった。

彼女の尋常ではない様子を見た担当者が、「料理長に知らせてくるから」と走って行った。メグミはその場から動けない。

しばらくそのままでいた彼女は歯を食いしばって空を見上げる。澄んだ青い空に吸い込まれるような気がした。

――思いを込めて手を合わせてきた。それでも、燃えたのは、板。家族として過ごした日々も、思い出も、私がいる限り消えてしまうことはない。それにまだテッシバが残っている。あそこは両親の形見の店だ。

ではテッシバがなくなったらどうするのか。

『お前は和菓子を作るんだろう？』

温室から帰るときに運ばれながら聞いた彼の声が――記憶の底で眠っていたコンラートの声が聞こえたような気がした。

土に膝を突いていたメグミは自力で立ち上がる。ふたりが見ているのだから、立ち上がらないと心配させてしまう――と考えた。

するとそこへ言葉がかけられる。

「煤だらけだぞ、メグ」

どんなときでもこの声だけは耳に入るだろう。そしてきっと、身体の奥底へ落ちてゆくのを驚きの眼で眺めるのだ。

「どうしてここへ。国王陛下がいらっしゃるような場所ではありません」

「焼却場の番人がベルガモットに知らせて、奴が俺に教えに来た。メグが泣いているってな。俺も走って来たぞ。……泣いてはいないのか？」

「泣いているところなど、そう何度もお見せしたくはないです」

メグミが微笑すると、コンラートはそれ以上何も言わずに上着のポケットからハンカチを取り出した。彼女はすんなりそれを受け取り、顔や手のひらをごしごしと拭く。泣き笑いの顔になっていたかもしれない。しかも煤だらけだった。

「来い。渡したいものがある」

コンラートはメグミの手を引いて歩き出す。国王相手なので、メグミも黙って連れて行かれた。

廊下ではさまざまな視線がまとわりついたが、コンラートがひとにらみするとそそくさとその場から去ってゆく。そういう者ばかりだ。ジリンの姿が視界の端をちらりと掠めたが、公爵はなにも言わずにコンラートとメグミの奇妙な道行を眺めていた。

やがて彼がひとりで食事をする国王の食卓の間に着く。中に入って扉が閉められると、ふたりのほかは誰もいない状態になった。奥には食事のためのテーブルがあり、手前に寛ぎ用のソファのセットが置かれている。

彼は三人掛けのソファにメグミを連れてゆく。

「メグ。これはお前のものではないか？」

言われて座面を見れば布の塊があった。以前、毎日のように見ていたそれは、絣の着物だ。濃い紺色と特徴的な柄ですぐに分かる。帯もあれば帯〆も座面の上に載せられていた。

生気が失せてしまっていたメグミの両目に、ぱっと光が走る。

メグミはコンラートの手を放し、小走りで近寄ると座面の前で床に膝を落とす。怖いような気持ちで手を伸ばして、着物に触れた。彼女が布を掴んで両手を高く上げると、畳んであったものが、袖と見頃と襟とが分かるほど広がる。

「母さんの着物……！　絶対そう。久留米絣で名古屋帯だもの。柄だって、間違いない」

メグミはそれをぐっと抱きしめると後ろを振り返る。

「どうしてこれを？　これは母さんのものなんですっ」

コンラートも床の上に片膝を突いてメグミの目線の高さに合わせる。

「お前も知っている通り、俺は国のために商いができる種を探していた。ずいぶん前からだ。コランとして王都を歩き回っているときに、あの店の店主と知り合いになったから、ほかにはないような珍しい品が入ったら見せてくれと常々頼んでいた」

いつも感じるが、コンラートの目の付けどころは突きぬけてよいと思う。

質屋のような〝なんでも買い受けます〟という店には、さまざまな物品が持ち込まれる。トリップして来たとき三人が着ていた服と着物はそこで換金して、この国の貨幣を得た。そのお金で、メグミたちは古着を買ったのだ。

こちらの世界で恐らくたった一枚の絣の着物は帯と共に、店主に形と柄がとても変わっていると言われた。

ほろりと涙があふれる。コンラートはメグミの頭の上に手を置いて、ぽんぽんと軽く叩きながらことの次第を説明してゆく。

「店主は俺の連絡先を知らないから、そのうち来たら教えるつもりで、長い間しまっていた。俺が顔を見せたときに奥から出してきたんだ。着物という衣類だが着方さえ分からないものだと言っていた」

「三年も前なのに」

「ほかはそれなりに売れたそうだが、これだけは形からしてよく分からないものだからと、俺に買わせた。織りを調べたら実に珍しいものだと言われて、誰が持ってきたのか、あとで訊きに行ったんだ」

絣は、あらかじめ決めていた文様にしたがって染め分けた糸を用いて織り上げる、模様織物だ。染めと織りの技術が必要なこれは、この異世界において、特異な布であるのは間違いない。

泣いて濡れたメグミの頬を、コンラートが彼女の頭から下した手でそっと包んだ。

「店主が古い台帳を見せてくれたが、そこに〝テツシバ〟とあった。奇妙な織りの、どう着るのか分からない服を持っていたテツシバは、俺の調査対象になった。見張るよう言っておいたエディが、みたらしとやらをうまいうまいと言うものだから、たまらずに食いに行ったんだ」

初めてコンラートがテツシバへ来たときのことが思い出される。

テツジを失ったメグミたちは寝込んでしまっていた。そこへ『みたらしが食いたい』とコンラートが来たのだった。

「……とうにタペストリーにでもなっていると思っていました」

「珍しいというのはそれだけで価値を生み出せる。ほかで同じような布ができないかと、織りを調べるのに時間がかかった。だから台帳を見るのもずっとあとになってしまったんだ。もっと早く知っていたら、おまえに渡すのも早まったのにな」

メグミは首を横に振る。

こうして手元に戻ったことが既に奇跡のようなものだ。遅くなったというより、メグミにしてみれば預かってもらっていたのと同じだ。

彼女は乱れた着物を絨毯の上で畳み始める。コンラートは興味深そうにそれを眺めていた。

「どうやって着るんだ？　そのうち着て見せてくれ」

「はい。そのうち……」

テツシバのことが頭を過ぎる。サユリはこの着物を着て店に出ていた。いつもだ。

彼女は畳み終えると、正座の状態で顔を上げ、近くにある大きな窓を眺める。

そろそろお茶の時間だろうか。冬の陽は足が早い。一日の終わりが近づいていた。

——テツシバも手入れをしないと痛むばかりになる。いつかは、終わりがくるとしても、いまは守りたい。

メグミは着物を横に置き、膝の上に手を置いてコンラートへ視線をピタリと当てる。

「陛下」

「どうした、改まって。……コランだろう？」

「陛下。私はテッシバへ帰ろうと思います」

コンラートの小豆色の瞳に動揺が走る。彼はメグミを強烈な視線で捉えた。

「それは、城を出るということか？　休暇が欲しいということか？　戻って来るんだろうな」

「いいえ。テッシバは父と母の形見の店です。守りたいのです。そのために帰ります。王城へは、戻りません」

「メグっ」

呻くような叫びは聞き取りにくい小さな声だった。

片膝を突いていた彼は、片手で自分の顔を半分覆って頭を左右に振る。押さえがたい激情の迸りが目に見えるようだ。コンラートの腕が伸びてきてメグミを抱きしめる。

耳元辺りで言葉が放たれた。

「俺はお前を愛している。結婚してくれ。死ぬまで一緒にいよう」

深さを感じる声で、動かしがたい流れを持って言われる。メグミはきゅっと唇を噛んだ。

見ないようにしてきた彼の気持ちが、はっきりした形で外へ出ている。彼女自身の思いもまた出てしまいそうだ。しかし、返事はひとつしかない。

「できません。お断りをさせていただきます」

コンラートは彼女の両肩を掴んで放すと、今度は激しく言う。

「なぜだ」

「身分違いだからです」

「そんなものはどうにでもなる。ジリン公爵からおまえを養女にしたいという申し出があった。公爵令嬢になれば、身分がどうのと誰も言わない。俺の妻になれ、王妃になってくれ、メグミ！」

「それはできません。私の親は、哲二とさゆりなのですから」

メグミの肩を掴んだ手を離して少し間を置いたコンラートの瞳の中に、激情が籠ってくる。恐ろしい視線でにらみつけられた。これぞ黒獣王の目だ。

「俺がお前を手放すと思うか。大体、断っているお前が、なぜ泣く」

涙がこぼれているのを自覚できなかった。けれど答えはひとつしかないのだ。

メグミは両手を床に突いて深々と頭を下げる。

「申し訳ありません。王の妻にはなれません。王には王の役割があり、王妃には王妃の役目があるはずです。私は和菓子を作りたい。それをたくさんの人に食べてもらって、おいしいと言ってもらいたいのです。王妃にはなれません」

床に額がつくほど平身低頭して、コンラートの気持ちに応えられないのを詫びる。

これほどの人が求婚してくれたのに断ってしまう自分が哀しくもあり、根っからの和菓子職人であることが嬉しくもあり、彼女はとうとう涙をあふれさせながら頭を下げていた。

やがてコンラートは立ち上がる。はっとして顔を上げたメグミに、どこか別のところへ視線を飛ばした彼は言った。

「頑固だな。だがそういうお前だから好きになった。お前の一途な生き方を、力などで曲げる気はない。城を出たいなら、好きなときに出ろ。止めない」

それだけ言い置いて、コンラートはメグミをひとり残すと部屋を出て行った。

ぱたんと扉が閉まる。どれほどの気持ちが彼の中に渦巻いていたとしても、扉は無機質に動いた。断ったのはメグミなのに、返す刀で己を両断したも同然の想いを持っている。うすうす感じていたそれを、はっきり悟った。

——好きです。コンラート様。

彼女は亀の子のようになって、わんわんと泣く。いまだけだと自分に言い聞かせながら、ひとりで泣くだけ泣いた。

王城を出ることを伝えるために、メグミは後見役のジリンの居室を訪れた。

ソファを勧められ、ジリンと対面になって座る。座ったままだったが、メグミはペコリと頭を下げた。

「ご恩もあり、お世話にもなっている公爵様には本当に申し訳ないのですが、数日中に王城から出たいと思います。テッシバへ戻ります。両親の残したあの店を、このまま朽ち果てさせるわけにはまいりません」

メグミの言葉を、ジリンは耳を澄ませ目を細めてじっと聞いてくれた。彼は低く唸ってしばらく黙っていたが、やがてしっかり彼女へ顔を向ける。

「このまま王城にいるよう説得しても、メグミは『うん』と言わないのだろうな」

彼女を知る人からは頑固だと言われている。父親似なのだと。

「はい。申し訳ありません。王城に入ったときから、いつかテッシバへ戻ろうと考えていました。できれば、母と一緒に戻れたらよかったのですが……。ひとりになっても店へ帰ります」

「そうか。わしはテツジもサユリも知っておる。止められんな」

「ありがとうございます。お世話になりました」

メグミはソファから立ち上がり、深々とお辞儀をする。さまざまな思いが込み上げてきて、しばらく頭を上げられなかった。

王城の中では、公爵として政務に関わるジリンの強面な姿も垣間見たが、柔和な表情でメグミを見守るまなざしを寄せてくれるのもこの人だ。家族で異世界へトリップして右も左も分からないころからのお得意様なのだ。

顔を上げたメグミにジリンは静かな口調で話す。

「手段というだけでなく、わしはひとりになったお前を養女にしたいと思っておった」

はっとする。ジリンはメグミとコンラートの間で何があったのか知っている。

「なぁ、メグミ。そういう方法もあると覚えておけ。お前の頑固さは見事なほどの一途さの表れだろうが、相手のために膝を折るという知恵が必要とされるときが来るかもしれんからの」

「ジリン様……」

親の忠告のようだった。もしかしたら、テツジが生きていたら同じことを言っていたかもしれない。

「ま、テツシバにいるならすぐにまた会える。これでみたらしだんごが食えるかと思うと、それはそれで嬉しい」

ジリンは、町で接していたときと同じ、柔らかな笑みを浮かべた。

王城では、タレを付けた四個刺しのだんごよりも、見掛けを先に考えなければならなかった。テツシバへ戻れば、町の子供たちのためにもだんごを作る。もちろん、お得意様のためにも。

メグミは迷いのない笑顔になる。

「どうぞいらしてください。お待ちしています。それではこれで失礼いたします」

再び深く頭を下げてから、メグミはジリンの居室を出た。


次に向かったのはベルガモットのところだ。

午餐の準備が始まる直前の時間を狙って行った。厨房から廊下へ出てもらい、そこで城から出ることを伝えてぐっと頭を下げる。

「テツシバへ帰ります。お世話になりました」

「そうか」

ベルガモットが、詳しい事情など聞かないでいてくれたのにホッとする。彼は、業務連絡さながらの平坦な声で返してきた。

「春祭りがある。王都にある店舗のひとつとして、屋台を出すだろう？　あんこのことで打ち合わせをしたい。一度お前の和菓子屋へ行こうと思うが、どうだろう」

「屋台！　参加します。いつでもいいのでどうぞテッシバへお越しください」

王都の祭りは庶民主体で開催されるが、主催者は政治経済を導く王城となる。それでも料理長が動くのは格別なことに違いない。しかも呼び出しではなくテッシバへ来てくれるという。

感謝のまなざしを向ければ、ベルガモットは少し躊躇う。

「……私は春あたりにはいないだろうから、別な者が行くかもしれないが」

「いないって、どうしてですか？」

「グレイ公爵が私を罷免する手続きに入った。いずれ次に引き継ぐことになる」

もしかしたら原因は自分にあるのではないかと思った。

「私のせいですか？　私を潰せなかった……いえ、庇ってくださったから」

「いいや。私が自分で考えて行動した結果だ。お前が何かを思う必要はない」

ベルガモットが言わないなら、これ以上聞いてはいけないのだろう。ジリンにお願いすれば新たな後見になってもらえるとしても、そうなると今度は〝蝙蝠〟などと陰口をたたかれるかもしれない。

鈍いと言われがちのメグミでも、王城の中がどういうものか少しは理解できる。

ジリン公爵とグレイ公爵は誰の目にもはっきりしている政敵だから、勢力の間を行き来する者は、誰もの信頼も失くしてしまう。

けれどこれだけは伝えたいと思って、メグミは彼に言う。

「陛下はベルガモットさんの料理の腕を認めていらっしゃいますし、厨房の指揮を執る者として信頼しておられます。きっと陛下が考えてくださいます」

コンラートが最初の段階でメグミについてベルガモットにあれこれ言ったのは、信頼しているからにほかならない。

ベルガモットは静かに笑った。

「先のことは分からんが、私は自分が納得できる料理を作るだけだな」

メグミは微笑して応えた。

「私もそうです」

厨房に集まる料理人たちに別れの挨拶をした。和菓子作りの道具類は、テツシバの物に限り既に持ち出している。

部屋へ戻って荷物の整理をする。ベッドの上に広げた物を、大きめの旅行カバンに詰めていった。

アルマはいなくなっていた。下女中の仕事を一生懸命こなしていた彼女がどうして部屋主の持ち物を無断で捨てたのか、理由を聞きたかった。

　位牌はなくなってしまったが、その代りのようにして母の着物をコランから渡された。その着物をしみじみ眺めたあと抱きしめると、また涙があふれ出た。

　――コラン様……。……顔が見たい。声が聞きたい。もう無理だけど。

　さすがにあれほど頑なにプロポーズを断っていては、テツシバにはもう来てもらえないだろう。いまさらメグミが逢いたいなどと思うのは、都合がよすぎる。

　こんこんとドアを叩く音で顔を上げればローズベルが立っている。

　――そういえばドアを開けっ放しだった。

　急いで手で目元をぬぐったが、どうやら泣いているのを見られてしまった。

　ローズベルは、部屋の中に入ってドアを閉めると、ベッド横に立っていたメグミのそばまで来る。腰に手を当て、呆れた様子で指摘した。

「城を出るんですって？　お父様に聞いたけど、陛下の求婚を断ったそうね。そんなふうに隠れて泣くぐらいなら、どうして断るのよ」

　メグミが城を出るのを聞いたから父親に理由を問い詰めた……といった流れだろうか。ジリンは遅くにできたひとり娘にはたいそう弱い。あれほどの大貴族なのに、ひとり娘に詰め寄られると隠しごとまで口にしてしまう。

苦笑と共にメグミは答える。

「あの方と私では、天と地ほどの身分違いです。何よりも、私は和菓子職人でいたいから、王妃にはなれません」

「……ったく、無器用なんだから。私だって身分違いという泥沼に嵌(はま)っているのよ。メグミとは共闘したかったのに」

「え?」

ローズベルは、ベルガモットが好きなのだと告白してきた。

婿を取りたい公爵のひとり娘と、王城の料理長とはいえ庶民の出のベルガモットとでは、メグミほどでなくても身分違いになる。

こちらの世界において、身分違いを越えようとするなら、本人たちもつらいなら周囲も相当な迷惑を蒙るに違いない。

溜息を吐いたローズベルは天井を仰ぎ見る。

「あなたとは逆の身分違いになるわね。おまけにジルは……ベルガモットのことよ。ジル・ベルガモットはね、かちんこちんに頭が固いの。あなたと通じるところがあるでしょう? まずはそこから崩したくて、機会があれば迫ることにしたのよ」

「迫る？　何かしたんですか？」

ふふんと背を反らしたローズベルは、似たような身長なのに上から目線で言い放った。

「キスのひとつくらいはしておこうかなって……。いまという時はいましかないのよ。先々何が起こるのか分からないのだから、メグミも自分の気持ちに少しは寄り添ってみたら？　頑なに断るばかりじゃなくて」

「──キス……っ。私からしろって？　……すごい難題ですよ」

頬を上気させてぶんぶんと首を横に振ったが、心の中にはまったく別なことが浮かんでいた。

──何が起こるのか分からない……。

ある日突然、異世界にトリップした。もしかしたら、突然、また違うどこかへ飛ばされてしまうかもしれない。

「そうですね……。いまという時はいましかない」

いきなり目の前がすっと開けたように思えた。だからといって、どうなるものでもなかったが。

ローズベルが彼女にしては珍しく気落ちした声で呟く。

「ずっと恋人でもいいかな……」

彼女は公爵のひとり娘だから、結婚しないわけにはいかないだろう。しかし、本人が突っぱねていれば、ジリンも無理強いはできないはずだ。

メグミは持っていた着物をスーツケースに入れてバタンと閉じる。それを見ていたローズベルが先に立って歩き始めた。

「見送ってあげるわよ。ジリン家の馬車が裏口で待っているから。……でも、なんで裏口なの」

「和菓子職人ですから」

「まったく！　あなたたちはどうしてそんなに頭が固いのよ！」

ベルガモットと同じにされても困ると思いつつ笑ってしまった。なんだかんだ言いながら、ローズベルはメグミが手に持った小さいほうの荷物を持ってくれようとした。しかも見送りなどと言う。

「ありがとうございます。ローズベル様。あの、お世話になりました」

「今生の別れにする気はないわ。粒あんよ。テッシバとやらにも行きますからね」

「……お待ちしています。ですが、小豆はもう春祭りの分くらいしか残っていません。あとは秋になります」

ローズベルは粒あんの魅力にかなりやられているようだ。メグミもあの味や食感が大好きだ。自分の希望としても、次の栽培はもっと量を増やしたい。

「いつまでだって待つわ。だから、元気でいて」

ローズベルは、綺麗な笑みで見送ってくれた。


メグミが乗ったジリン家の馬車が裏門へ向かうのを、コンラートは三階の窓から見ていた。

行先も居場所も分かるから手放せるようなものだ。メグミはテッシバにいて、そこへ行きさえすれば逢える。和菓子が食べたくなればどうしたって彼女のところへ行くしかないわけで、その場合は菓子という堂々たる理由もある。

ひとりで立っている彼の後ろにすぅっと近づいたのはジリンだ。

「残念でしたな」

コンラートは、馬車が視界から出てからゆっくり振り返った。

「一度目はダメだった──というだけだ。人生は長いのだろう？　機会があれば何度でも求婚するさ。逃がすつもりはない」

と言いつつも、あそこまでバッサリ断られるとさすがに立ち直るのに時間がかかる。

コンラートの熱情を前に、ジリンはたじたじと鼻白んだ。若い者には勝てませんと今にも言いそうだ。

「……跡継ぎは必要ですから、婚姻関係よりそちらが先でもかまいませんぞ」

宰相として最低限のことは望んでもいいはずと言い募る。コンラートは溜息を吐かんばかりだ。

「それが一番の難関かもな」

渋い顔のジリンを眺めて、彼はうっそりと笑う。

——逃がす気はない。

王城はコンラートの腹の中と言ったのはメグミだ。では王都は？

——手の内だからな。

テツシバが大事だと言うなら、その店ごと守るだけだ。


テツシバの日常が戻ってきた。ひとりになってしまっても、和菓子を作って売る毎日はつつがなく過ぎてゆく。寂しいのは否めないが、ジリンがいそいそとみたらしだんごを食べに来たときは、つい涙が出るほど笑ってしまった。

春先にはテツジの一周忌となり、メグミは両親の名前を書いた木の位牌を再び作って手を合わせた。

墓地へ行って、小さな花束を墓碑の前に置いた。そのとき、『次に来るときは、練りきりを持ってくるね』と約束する。

あと十日ほどで春祭りというときに、ベルガモットがテッシバへ来た。

午餐の前という、彼が城の外へ出てもいいのかという時間帯だったが、『午前中は休みをもらった』そうだ。珍しい。

店の暖簾はまだ出していないので、戸を開けていても人は来ないだろう。ベンチも出していなかった。だから奥のダイニングの椅子に座ってもらう。

その続きが寝室だったが、母親のベッドは片付けたのでそれなりに広い部屋になっている。そちらとはカーテンで仕切れるようにした。ダイニングからメグミのベッドは見えないはずだ。

ベルガモットは店内を眺めながら奥へ来て、対面の椅子に座る。

「ここがテッシバか。ふむ。小さな作業台に小さな調理場だな。作るものが和菓子に限られるから、これでも十分ということか?」

「はい。私には十分です。動きやすいんですよ。どうぞ、お茶です。それから今日の生菓子です。春ですから淡いピンクの花いかだを模してみました。中は白あんです」

花いかだは、いかだに模した練りきりの上に小花を散らせるが、メグミは花をいかだに見立てて、薄い緑の練りきりあんを小さな葉の形にして載せた。川に流された花が、育ちそこなって落ちた新緑の葉を受け止める——といった物語に近いイメージを持って作った。

王城では見栄えがとても重視されていたので、趣があっても華やかさに欠ける形はあまり歓迎されなかった。いまは己の好みだけを存分に発揮して作っているので楽しさ倍増だ。

「さて、春祭りの打ち合わせをしよう。陛下の望みは、〝庶民が作れる〟あんこを使った菓子だ。お前の抹茶パフェは王城が出す出店で売るからそれは避けてほしい。抹茶はないから、ただのシロップになるので〝あんこパフェ〟と名前を変えた。苺は高価なのでチェリーを考えている」

あんこを強調するならそのほうがいいかもしれない。チェリーは色合いや大きさ的にもぴったりだろう。

「王城も屋台を出すんですか？　出店と言うならもう少し大掛かりなのかな」

「テント式になる。あんこを作る実演もそこでする予定だ。専門的に作る方法と鍋ひとつで煮てゆくやり方の両方を提示する。だから、メグミは自分のほうに力を入れてほしいとのことだ」

伝言だった。コンラートは来ない。

――当然じゃないの。期待してはダメ。あの方とのことは、終わったのだから。

気落ちしそうな心を奮い立たせると、メグミはにこりと笑ってベルガモットを見た。

「王城が出すにしては小規模で庶民的ですね」

「目的は小豆を広めることだからな。格調高くして権威を象徴したり、豪勢にしたりするのはトップセールスを意識して王城の催しでやる。王都へ出るなら庶民生活に合ったものでないと、受け入れられないだろう?」

「……そうでした」

よく考えられていた。

メグミは、自分はどういった品を出すつもりかを話す。

「〝あんトースト〟と言います。パンとあんこですね。バターやクリームを加えてもいいですし、その場で好きなようにアレンジできます。パンはトーストしてから使うのでかりっとした食感が出ます」

元の世界では〝小倉トースト〟の方が名前の通りがいいかもしれない。しかし、小倉あんは小豆の中でも粒の大きい大納言を使うし、こしあんに混ぜてあんこにする。

メグミが作るのは粒あんで、小倉あんではない。

「なるほど。どの家にもたいていパンはある。あんこさえあれば、あんトーストとやらはできるんだな。つまり小豆を利用してゆくということだ。いいぞ、メグミ。春祭りが楽しみだ」

家で作るには、手間がかからないことが重要だった。粒あんにしても、鍋ひとつであくを取りながらずっと煮てゆくと、皮が取れてしまうものも出るが十分食べられる。

「私も祭りが楽しみです。それであの……」

罷免のことはどうなったかと訊きたいが、尋ねてはいけないかもしれないと口を噤む。ベルガモットはメグミの疑問をすぐに察した。

「グレイ公爵は、『小豆を雪の中に撒くことによって国王陛下が重要と位置付けた夜会を潰そうとしました』というアルマの証言で失脚された。グレイ家を継いだ五男のエディール様が王の右の手に就任されて、私の罷免を却下されたんだ」

目を丸くして、対面に座るベルガモットを凝視してしまった。

「エディさんが、兄たちを蹴散らして家を継がれたのね。目的を達成されたんだ。それで宰相のひとりに就任。そうか、元からコラン様の依頼で馬車屋にいたんだものね。びっくりした」

ベルガモットは余所を向いて口を押える。かなり大きく笑いながらも隠そうとするのがとても奇妙で、メグミも大いに笑った。

「メグミの周囲には、物事に影響を与える人物が集まるのだなぁ……。そういった特別な引力でもあるのか？」

「気のせいですよ」

異世界から来たからかもしれない。が、言わない。

そのあとベルガモットは、大通りに店を出さないかと提案してきたが断った。

「ひとりでは店を回せません。それに、テツシバを出る気もないんです。この店を守りたいから王城を辞したのですから」

「では、大通りの店にテツシバの菓子を卸すのはどうだ。陛下は小豆を売るのに、豆屋に並べさせているが、あんこもそこで売ってゆくことになっている。といっても、和菓子自体を広めることも目的のうちだから、あんこ菓子でなくてもよいそうだ。できた数だけをその店に並べる。どうだ？」

「……それはとてもありがたいですね」

これは、コンラートがメグミのことを考えた上の案だろうか。それとも単純にあんこのためだろうか。訊いても、ベルガモットには答えられないだろう。それにいまさらではないか。

菓子を卸す件については、メグミが直接豆屋と話すことになり、ベルガモットとの話は終わった。軽い足取りで帰ってゆくベルガモットを見送る。背丈からいえばコンラートより五センチほども高いだろうか。

ジリンを始め王城に関わりのある人に会うと、どうしても思い出す。

――逢いたいな。

いまもこれほど恋しい。


準備で忙しくしていた春祭りの前日、アルマがテッシバへやって来た。夕餉の用意が始まる時間だったから誰もいないときだ。誰もいないのを見計らって店の戸口に立ったのかもしれない。

アルマはメグミに向かって頭を下げる。

「ごめんなさい。小豆を雪に撒いたのは私です。それと、メグミさんが大切にしていたのを承知で、あの板をゴミとして出しました。まさか、親の名前が書いてあったなんて。知らなかったこととはいえ、ごめんなさい」

外のベンチでは人の目に晒してしまうから、店先で泣き崩れたアルマを奥のダイニングへ連れてゆく。テーブルの上に出したのは、薬屋で仕入れるようになったお茶と、今日の余りで悪いがみたらしだんごだ。

「アルマは自分の仕事を大事にしていたでしょ。なのにどうして、部屋主の物を勝手に持ち出したのか理由を聞きたかったのよ」

アルマは顔を上げ、自分はあの第三回目の試験のときにメグミとふたりで競った相手の姉だと言った。弟はあのときのことがショックで閉じこもってしまったのだと。

メグミは、国王と知り合いだったから、最初から選ばれることになっていたんじゃないか。それなら弟の頑張りも嘆きも初めからいらなかったじゃないかと、ものすごく怒りを覚えたのだと言った。

選考の部屋を走り出て行ったのはアルマの弟だった。

「最初から決まっていたわけじゃないよ。陛下に聞いてもらえば分かるけど……、会うのはちょっと難しい相手だけどね」

下女中が面会するには、非常に困難な相手だ。ちょっとどころではない。

「料理長に確かめました。あの審査は正当だったと言われたんです。料理長は『お前の弟のケーキを食べなかったのは、私のおごりだった』と言われて謝罪までしてくださいました。……だから、証言したんです」

その証言でグレイ公爵は失脚、エディが跡を継いでベルガモットの罷免を取り消した。不思議な流れだ。

「私たち姉弟の両親は早くに亡くなっています。それなりに苦労しました。親がいてくれたらと何度も思って、何度も親の名が刻まれた墓碑の前で泣きました。それなのに私は。ただの絵ではなかったのに、私は……！　……すみませんでした」

この世界の人からしたら、漢字が絵にしか見えないのはメグミにも分かっている。身の回りの世話をしてくれるアルマに、詳しい説明をしなかったのはメグミの落ち度だ。

「灰になってしまった物は戻らない。だけどね、理由を話してくれて謝罪もしてくれたから、許すこともできるよ。だから、アルマも前を向いて立ち直ってほしい」

アルマは泣いていた顔を上げる。メグミはタオルを貸した。ごしごしと顔を拭くので、つい肌の心配をしてしまった。

「私は、夜会を邪魔しようとしたグレイ公爵の幇助(ほうじょ)をした罰で、王都を追放されます。いいえ、それはいいのです。郷里へ帰ります。それで、メグミさん。あんなことをしておいて図々しいとは思いますが、弟を弟子にしてやってもらえませんか？」

「弟子！　私の？」

「ケーキはもう作れないと言っているんです。ですが、菓子を作るのはいまでもすごく好きなんですよ。お願いします。メグミさんの和菓子は、とても変わっていておいしいです。和菓子なら弟も、また頑張れると思うのです」

それだけ言ったアルマは、恐る恐るといった体で手を伸ばし、少々冷めてしまったみたらしだんごを涙ながらに食べる。頰にタレがついた。彼女は顔を上げて少し笑うと、手の甲で頰をこしこしとぬぐった。

メグミはそれを見て、これこそが己が菓子を作る所以だったことを思う。

つらいとき、哀しいとき、ホッと息を吐いて休む時間のお供になれるような菓子を作りたい。そして、立ち上がるための力の足しに少しでもなったら、それだけで自分の心は満たされて幸せになれるだろうと考えていた。

ずっと和菓子職人になりたかった。殻を割りかけていた卵から、少しは成長できているだろうか。

「……分かったわ。でもね、和菓子作りが合っているかどうかは人によると思うの。まずはこちらへ来て」

「はい。伝えます。それであの、私は明日の春祭りの夜には王都を出なければなりませんが、それまでの間、お手伝いさせてもらえませんか？」

「それ、すごく助かる。運ぶのだってひとりでは何往復もしなくちゃいけないもの。みたらしも焼くつもりだから火箱も持ってゆくしね。よかったら、今夜はここで泊まっていって。私のベッドを使ってね。私は残している母さんの布団で、隣で寝るわ」

カーテンを開けてここだと示す。するとアルマはとても慌てた。

「ベッドに私がってことですか？　とんでもないですよ。隣の床で眠ります。あ、泊めてもらえるなら、助かります。そこはお願いします」

「いいじゃない。私はもう国王専属菓子職人じゃないのよ。友達が泊まりに来たらベッドは明け渡してもいい派なんだって」

考え方は人それぞれだ。友人でも他人のベッドはいやだからと、床やソファで寝るのを選ぶ人もいる。ベッドを貸したくない人もいる。

ただこの場合、アルマは仕事の上下関係で言っていたので、敢えて付け加えた。

「いいです。眠れませんよ」

きつい口調が戻ってきた。

メグミは笑って頷き、アルマと春祭りの打ち合わせを始める。

一夜明けて、春祭り当日。

天気がよく、そして暖かく、人出は最高に多かった。諸外国からも大勢詰め駆けているようだ。外国から来る人はお金を落としていってくれる。新しい商品を求める商人も多い。人が動けば物が動き、財も動く。国を挙げての祭りは、皆の助けになるに違いない。

王都にあるさまざまな店が趣向を凝らした屋台を出し、それが大通りの両側を埋め尽くす光景は見ものだった。そこに、あふれ出るほどの人がいるのも盛況ぶりを表していてよかった。

大広場には中心に噴水があり休憩場所が設けられ、そこに王城からの出店が設置された。

あんこの実演は、メグミが王城で教えた料理人が代わる代わるやっていた。あんこパフェには、小さめのコップが使用されていた

メグミは母の絣の着物を着た。珍しい服装を見るために集まる人もいて、あんトーストは爆発的に売れた。行列もできた。一緒に入ってくれたアルマがいなければどうなっていたことか。

あっという間にあんこはなくなる。これであとはもう、五月に種として使う分しか残っていない。

無我夢中で過した一日が終わるころには、後片付けもなにもかも放り出して眠りたい気分になる。

「メグミさん、ほら。あと少しですよ」

「アルマ。手伝ってくれてありがと。あ、終わったのね」

「片付けもこれで終わりです。さ、ベッドですよ。着物とやらはどうしますか？」

最後の荷物と共にテツシバへ到着すると、へたりこんでしまいそうだった。

「自分で脱ぐからいいわ。アルマも休んで」

「私はもう行きます。王都から出なければなりません。最後に、春祭りに参加できて、本当に嬉しかったです」

え、と起き上がったときには、アルマは手を振ってテツシバを出てゆくところだった。

メグミは、ベッドから飛び起きて、半分閉められた戸口まで走る。

「アルマっ。弟さんを待っているからっ。いつか私がそちらへ行くよ。元気でね」

大きな声を出して手を振った。アルマは何度も振り返りながら手を振るが、歩調は緩めない。最後に頭を下げて、視界からいなくなった。

王都からの追放だから、メグミが会いに行くしか再会の方法はない。弟が来るなら、郷里の場所は分かるだろう。

振っていた手を下ろすとなんとなく手持ち無沙汰になったので、メグミはその手を結んだ髪を解すのに使った。そして頭を振って意識をしゃっきりさせてから店の中に入る。戸を閉め切る気にはなれず、ふらふらと作業台へ行った。

——コラン様、見掛けなかったな……。

祭りが開催された大通りには、貴族の中でもこういうのが好きな方が隠密で出歩いていた。メグミが見知った面々も大勢いて、声もかけてもらった。

そこへ万が一にもコンラートがコラン姿で出てきては、あっという間に国王だとばれて大騒ぎになる。祭りも台なしになってしまう。

破綻の帰結が分かっている以上、コンラートは出て来られない。当然だ。

——それでも、ほんの少しでいいから顔を見て言葉を交わしたかった……なんて。

つい願ってしまうが、コランの正体が国王である以上無理だ。

大体、祭りに来たとしても、メグミのところへはきっと現れない。メグミにはどうしようもないことだったとはいえ、あれだけはっきりした態度と言葉を彼に投げつけたのだから。

——だんごの種が残っていたよね……。

上新粉を蒸して練ったものを小分けにして祭りに持参したのは、これがだんごの元だと、集まった人に見せるためだった。その場で丸めたのだ。ほかはいつものように四個刺しで持ってゆき、それは売れてもうない。

――見本にしたのが、ひと盛残っていたはず。

探したら、荷物の中の器に入れられていた。それをもう一度軽く蒸して柔らかくすると、作業台の上に粉を振って丸めてゆく。火箱の火は抜いたので、焼くのは明日にしてもいいかもしれない。

着物を着ていると、サユリがすぐそばにいるような気がしてくる。けれど、振り返ってみても家の中には誰もいなくて、しんと静まった空気が流れるばかりだった。

半分開いている戸口から真っ暗な外が見えた。春祭りの喧騒も収まってきたようだ。裏通りになるこちらは、人通りもまばらになっている。

――静かだ……。

丸めたものから四個ずつ刺してゆく。彼女の口から歌が漏れ始めた。

「だんご、だんご、だんご四姉妹～」

テツジやサユリの死は受け入れている。ひとりで和菓子を作ってゆくのを決めたのは自分だ。けれど、いま生きている人に逢いたいという想いが募るのは抑えきれない。

「一生懸命長女、長女。遊びたいのは四女、四女、次女も三女も要領いいよ〜、だんご四姉妹〜」

だんごを作るのが楽しくて歌っているはずなのに、ぽろぽろと涙がこぼれた。

思わず本音が漏れて出る。

「コラン様――逢いたいよ……」

粉だらけの手の甲で目元をぬぐったとき、がたんっと音がして戸口から入ってきた者がいる。驚いたメグミがそちらを見れば、コンラートが、王都のふらつき男・コランの姿でそこにいた。

メグミが城を出たあとのコンラートは、相変わらず国王としての日々の政務に追われていた。彼女が遠ざかっても、繰り返される毎日は変わらない。彼だけがぽっかりと開いた胸の穴を抱えている。

いままでのように予定の合間を縫って城を抜け出し、テッシバへ行くことは可能だった。何度でも求婚するつもりでいるし、それだけ愛している。しかし、再び拒絶されるのが怖くて、動けない。

黒獣王というふたつ名をもち、冷酷無比の血が流れているのはたしかでも、メグミの一撃で自分は簡単に倒れる。必死で気持ちを立て直している間も、顔を見たい、声を聞きたい、彼女のあの細い腕で作り上げてゆく和菓子が食べたい。

ときおりジリンが『元気そうでしたぞ』と報告をくれる。

なぜ俺に会わなくても元気なんだ——と怒りにも似た感情に苛まれてしまうほど、彼女の姿が見たい。

王城では、厨房にいるときも内緒で覗きに行っていた。いまはそれもできない。

足踏みをしている間に日々は飛ぶように過ぎてゆき、春祭りになった。この機会に招待した客人も大勢いたので、王城では持てなしに大わらわだ。ベルガモットは、城と町を往復しながら、役目をこなしていた。

——俺も行きたい。

しかし、騒ぎになるのは目に見えていたので、なんとか踏みとどまる。

客人たちがこぞって、お忍びだと言って外へ出るのを指を咥えて見ているのもたいそうな胆力を必要とした。

新たに右の手となったエディが彼の見張り番だ。ジリンは要領もよく町へ見物に行ってしまっている。

太陽が沈み始め、客人たちも戻ってきて『疲れたから休みます』と各々の貴賓室へ引っ込むか、または帰国の途に着くか、そこでようやく、エディの隙を突いて外へ出た。

後片付けに奔走していたベルガモットが彼を見つけて、ものすごい形相で建物の陰へ引っ張って来るなり言う。

「陛下っ。城へお戻りくださいっ。まだ城の者たちが祭りの後片付けで残っています。気づかれてしまいますよ」

「暗くなっているから、分かりはしない」

「……それはそうかもしれませんね。その恰好なら、まさか黒獣王だとは……そうか、裏通りへ行ってもらえませんか。そのほうが目立ちませんし、テツシバは既に撤収しています。メグミはテツシバにいますよ」

その言葉を聞き終える前に、突き動かされるようにしてコンラートは裏通りへ入った。目立つと思うから走るのは抑えなくてはならない。

テツシバの近くまで来ると、メグミがアルマを見送っているのが見えた。

——着物という衣服だったな。よく似合っている。

結んだ髪に手をやり、彼女はその場で括り紐を解いたり髪飾りを取ったりして、長く垂らした状態にした。それが風に揺れる。

美しいと思う。

戸口まで行ったが、陰に隠れていた。出てゆけないのだ。

――この俺が、何というざまだ。

自分を叱咤激励するも、もしも彼を見たメグミが眉をひそめたらと考えると、どうしても動けなかった。

かすかに歌が聞こえてくる。

「だんご、だんご……」

懐かしい。そのうち、なぜか泣いているようなくぐもった声になったので思わず覗いてしまう。楽しくなると歌が出ると言っていたのに、ぼろぼろと泣いていた。

すると、メグミは呟いた。

「コラン様――逢いたいよ……」

何かを考える前に身体が動く。粉だらけの手の甲で目元を擦るのを止めたい。目に粉が入ってしまうではないか。

彼は、早足でメグミに近づくと、驚いた顔を向けたメグミを抱きしめた。

突然現れたコンラートに抱きしめられて、メグミは心臓が喉から出るのではないかというほど驚いた。慌てもした。

彼の腕が心地よくてそのままでいたいと思ったのは本当だ。

「コラン様……」

コランの姿だったので、ついそう呼んだ。彼は逬るようにして語る。

「メグは王妃にはなれないと言ったな。では恋人になってくれ。付き合いはずっと続けるぞ。王妃は病弱ということにして表には出さないから、テッシバで暮らせばいいだろう？　そういう手もあるんだ」

コンラートはさまざまな方法を考えたに違いない。けれど、取り繕う方法手段が必要な関係になるしかないのだと痛感する。

上半身を押して離すとメグミは言った。

「そんな嘘は吐けません」

コンラートは溜息交じりに言う。

「頑固だな」

「はい」

「とりあえず俺は待つ。待つくらいはいいだろう？」

頑なに言っていても心は揺れ動いている。メグミは思わず頷いた。コンラートは重ねて頼んでくる。

「たまに俺の話を聞いてくれ。メグの話も聞きたい。お前の話の中には、俺がこの国のためにできることを増やす何かがある。それを摘み取ってゆくのは楽しいぞ。前を向く力になってくれるんだ」

「……」

自分のほうこそ、いつも助けてもらっている。立ち上がる力をもらってきた。決して口には出さないつもりだが、コンラートはメグミにとって誰よりも大切な人だ。

「お前を愛している。何度でも求婚するぞ。覚悟していてくれ」

応えたい。けれどぐっと言葉を呑み込んでメグミは目を閉じる。

コンラートは彼女の顎を軽く持って顔を上げさせ、そして。


口づけたのかどうか。

それは、戸の間から射した月の光だけが知っている。

終章

春祭りも終わり初夏になった。

メグミは菊の花を模(かたど)った生菓子を作り上げ、その日は午前中だけテツシバを休んで墓地まで行くと、墓碑が立つ場所にそっと置いた。

――また小豆を植えたよ。

秋にはたくさん採れるといいのだが、実りが目の前に現れない限り不安がある。

しゃがんで手を合わせていたら、すぐ隣にいきなりコンラートが現れた。メグミは彼を見上げてふぅとわざとらしく溜息を吐く。

「どうして私が出かけたのが分かるのですか。おまけに場所まで。……もしかして、また誰かに見張らせているんですか？」

馬車屋にはもう彼女の様子を見張る、というか見守る者はいないはずだが、もっと別なところに配置されたかもしれない。

メグミは立ってコンラートに並んだ。

「気にするな」

「気になりますよ、普通に」

「気がつかないのならいいだろ。な、メグ。これはもう食べてはダメか？」

供え物とした菊の花の生菓子を指す。この辺りは、自分の中にある前の世界の宗教感覚とはまったく違う。

ここで朽ち果てるより、食べてもらったほうが菓子も喜ぶだろうとメグミは頷く。コンラートは手で持って一気に口に入れた。

それを眺めながら、メグミは大きく笑って空を見上げる。

食べてもらえることが嬉しい。人の足が遠のいていたあの商店街のことが頭を過ぎった。

父親は、とてつもなく大変で苦しくても、元の世界へ戻りたいとは言わなかった。母親は、どの世界にいようともメグミのことが気がかりで仕方がなかっただろう。

いまはふたりともここに眠る。

メグミにとって生まれ育った故国は、欲しい材料が見つからないとき、どうしようもなく戻りたくなるところだった。そんなときは、郷愁の念を一旦横に置いて、この世界に根付き始めている自分を振り返る。

異世界で友人もできて、客も増え、好きなだけ和菓子を作っている。大きな店にも卸すようになった。そういう環境をコンラートが後ろ盾になって整えてくれる。身分だけは超えられないが、近くにいてほしいと望まれる間はこのままでいるつもりだ。

建物としてのテッシバはかなり傷んできている。彼女ひとりで維持できなくなったら、船に乗って海を越えてはいけないだろうか。東のほうへ行けば、もしかしたら、故国と似たような国があるかもしれない。港で桜の塩漬けを見つけたのだ。

「なぁ、メグ」

歩き出したメグミを後ろから呼び止めたコンラートが、ひどく真剣な顔で言う。

「どこへも行くなよ」

まるで彼女が考えたことが分かったかのようだ。メグミは肩を落として応える。

「コラン様には敵いませんね。そうやって仰っていただける間はここにおります」

「では、共に息絶えるまでだ」

言い切ってくれるこの人が好きだ。

心を込めて作ったお菓子を食べてくれる人がいる。欲しいと言ってもらえるのがなにより嬉しい。

——両親が眠り、彼のいるこの世界こそが、私の生きる場所。

あとがき

こんにちは。または初めまして。白石まとです。

この度は「異世界にトリップしたら、黒獣王の専属菓子職人になりました」をお手に取っていただきまして、まことにありがとうございます。

ベリーズ文庫様では二冊目になります。いかがでしたでしょうか。

副題に『異世界にはあんこがなかった！』というのを入れたいくらいに、そのもののズバリのお話です。和菓子は奥行きが深くて、私としては知識的にかなり不安ですが、まずはあんこ好きーな気持ちで書いていった次第です。

和菓子職人の卵であるヒロインのメグミには次々と難関が降りかかりますが、彼女はどこまでいっても和菓子を作ります。先代から継いだ黒獣王というふたつ名に追い立てられつつ利用して、国と民のために頑張る国王コンラートとメグミの恋物語が絡みますが、まずは和菓子、そして粒あんです！

メグミは頑固ですが、一途とも言い替えられるものだと思っております。無器用で、しかも相当鈍い。コンラートも、強靭な人なのにどこか無器用ですよね。

この先もふたりは互いを大切にして、困難がありながらも幸せな道をまい進するわけですが、最終的にはジリン公の『知恵によって膝を折る』というのが、新しい和菓子の考案と共にメグミの生涯をかけての課題になりそうです。

多大なるお世話をお掛けしました担当編集の丸井様には、深く感謝しております。編集部の皆さまや関係してくださった方々、ありがとうございました。

表紙のすがはら竜様。綺麗です！　美しいなぁ……。コンラートの格好よさに腰を抜かしそうでした。髪が靡いたメグミが可愛いです。ありがとうございました。昔からずっとファンでした。いつかは表紙を描いてもらえたらと思っていましたが、今回それが叶って本当に嬉しい。宝物です。

読者様、ありがとうございました。少しでも楽しんでいただけているよう祈ってやみません。どこかでまたお逢いできることを願っています。

白石（しらいし）まと

白石まと先生への
ファンレターのあて先

〒104-0031
東京都中央区京橋1-3-1
八重洲口大栄ビル7F
スターツ出版株式会社　書籍編集部　気付

白石まと先生

本書へのご意見をお聞かせください

お買い上げいただき、ありがとうございます。
今後の編集の参考にさせていただきますので、
アンケートにお答えいただければ幸いです。

下記URLまたはQRコードから
アンケートページへお入りください。
https://www.berrys-cafe.jp/static/etc/bb

異世界にトリップしたら、
黒獣王の専属菓子職人になりました

2019年12月10日　初版第1刷発行

著　者　白石まと
©Mato Shiraishi 2019
発行人　菊地修一
デザイン　デザイン　井上愛理（ナルティス）
フォーマット　hive & co.,ltd.
D T P　久保田祐子
校　正　株式会社　文字工房燦光
編　集　丸井真理子
発行所　スターツ出版株式会社
〒104-0031
東京都中央区京橋1-3-1　八重洲口大栄ビル7F
TEL　出版マーケティンググループ　03-6202-0386
（ご注文等に関するお問い合わせ）
URL　https://starts-pub.jp/
印刷所　大日本印刷株式会社

Printed in Japan

乱丁・落丁などの不良品はお取替えいたします。
上記出版マーケティンググループまでお問い合わせください。
定価はカバーに記載されています。

ISBN 978-4-8137-0815-5　C0193

ベリーズ文庫 2019年12月発売

『不本意ですが、エリート官僚の許嫁になりました』 砂川雨路（すながわあめみち）・著

財務省勤めの翠と豪は、幼い頃に決められた許嫁の関係。仕事ができ、クールで俺様な豪をライバル視している翠は、本当は彼に惹かれているのに素直になれない。豪もまた、そんな翠に意地悪な態度をとってしまうが、翠の無自覚なウブさに独占欲を煽られて…。「俺のことだけ見ろよ」と甘く囁かれた翠は…!?

ISBN 978-4-8137-0808-7／定価：本体640円＋税

『独占溺愛～クールな社長に求愛されています～』 ひらび久美（くみ）・著

突然、恋も仕事も失った詩穂。大学の起業コンペでライバルだった蓮斗と再会し、彼が社長を務めるIT企業に再就職する。ある日、元カレが復縁を無理やり迫ってきたところ、蓮斗が「自分は詩穂の婚約者」と爆弾発言。場を収めるための嘘かと思えば、「友達でいるのはもう限界なんだ」と甘いキスをしてきて…。

ISBN 978-4-8137-0809-4／定価：本体650円＋税

『かりそめ夫婦のはずが、溺甘な新婚生活が始まりました』 田崎（たさき）くるみ・著

新卒で秘書として働く小毬は、幼馴染みの将生と夫婦になることに。しかし、これは恋愛の末の幸せな結婚ではなく、形だけの「政略結婚」だった。いつも小毬にイジワルばかりの将生と冷たい新婚生活が始まると思いきや、ご飯を作ってくれたり、プレゼントを用意してくれたり、驚くほど甘々で…!?

ISBN 978-4-8137-0810-0／定価：本体670円＋税

『極上御曹司は契約妻が愛おしくてたまらない』 紅（くれない）カオル・著

お人好しOLの陽奈子はマルタ島を旅行中、イケメンだけど毒舌な貴行と出会い、淡い恋心を抱くが連絡先も聞けずに帰国。そんなある日、傾いた実家の事業を救うため陽奈子が大手海運会社の社長と政略結婚させられることに。そして顔合わせ当日、現れたのはなんとあの毒舌社長・貴行だった！

ISBN 978-4-8137-0811-7／定価：本体650円＋税

『【極上旦那様シリーズ】俺のそばにいろよ～御曹司と溺甘な政略結婚～』 若菜（わかな）モモ・著

パリに留学中の心春は、親に無理やり政略結婚をさせられることに。お相手の御曹司・柊吾とは以前パリで会ったことがあり、印象は最悪。断るつもりが「俺と契約結婚しないか？」と持ち掛けてきた柊吾。ぎくしゃくした結婚生活になるかと思いきや、柊吾は心春を甘く溺愛し始めて…!?

ISBN 978-4-8137-0812-4／定価：本体670円＋税

タイトル、価格等は変更になることがございますのでご了承ください。